水を縫う

寺地はるな

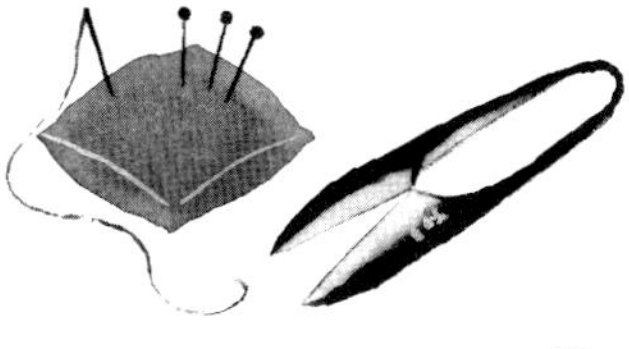

集英社

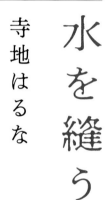

目次

水を縫う

第一章　みなも

　真新しい布や革の匂いがした。おろしたての制服やかばんが放つ、ぎこちない匂い。入学式を終えて案内された教室の机には、出席番号と氏名が書かれたちいさな紙がはってあった。

「四十番　松岡清澄《まつおかきよすみ》」の席は、窓際のいちばん前だ。

　どこからか飛んできたらしい桜の花びらが一枚、ガラスにはりついている。今年は桜の咲くのがはやかったから、入学式の頃には散りかけているかもしれない、と祖母が言ったとおりになった。

「じゃあ今からひとりずつ立って、自己紹介をしてもらいます。名前と、出身中学と、そうね、あとはなんでもいいです。趣味とか、好きな食べものとか……なに部に入るか決めてる人は、教えてください」

　担任は女の先生だ。姉と同じぐらいの年齢に見えるが、自信はない。自己紹介と聞いて、教室がちいさくざわめく。出席番号一番の生徒が立ち上がる。

井上賢人です。寝屋川《ねやがわ》○中でした。趣味……えーと、映画鑑賞です。部活は……まだ決めてません。はい、ありがとう。じゃあ、次。小野結実香です。門真《かどま》○中から来ました。中学からバスケをやっていたので、高校でも入部するつもりです、云々。

ガラス越しに、爪の先で桜の花びらの輪郭をなぞった。ふちが茶色くなって、乾いている。いつからここにはりついていたんだろう。

高杉くるみの声がしたので、そっちを見た。真ん中の列の、前から四番目。教室のちょうど中心の位置にいる。小学校、中学校と一緒だった。背が低いから、椅子から立ち上がってもおちんまりとしている。手の甲は制服の袖で半分隠れていた。

「高杉くるみです」という、そのたったひとことだけで、すぐに座ってしまった。教室がざわつく。

「え、えっとそれだけ？」

担任がたじろいだように身を引くと、何人かがくすくすと笑った。

「なにか趣味とかない？」

すこし考えて、いしがすきです、と座ったまま答えた。

いし？　いしがすきってどういうこと？　いしってストーンの石？　パワーストーンとか？

ああ、高杉やろ、あいつちょっと変わってんねん。てか、ちっちゃ。小学生みたいやな。僕の後方で、そんなささやき声が交わされるのが耳に入った。

くるみは「これ以上喋ることはない」とばかりに目を閉じ、腕を組んでいる。口角の下がり具合といい、ぴんと伸びた背筋といい、時代劇に出てくる謎の老人のようだった。時代劇にかならず「謎の老人」が出てくるわけじゃない。イメージとしての、と言えばいいだろうか。概念としての、のほうがいいだろうか。「概念」の使いかたが合っているかどうかわからないが、とにかくその謎の老人は、たいてい剣豪であったりする。棒切れ一本で悪者を叩きのめしたり箸で虫を捕まえたりして、かっこいいのだ。なにが言いたいのかというと、高杉くるみはなんだかかっこいい、ということ。

いつのまにか、僕の番になっていたようだった。担任に目顔で合図されて、あわてて立つ。

「松岡清澄です。寝屋川○中から来ました。部活は、まだ決めていません」

そこで息を吐いた。ほんとうは、言わなくてもいいことはわざわざ言わないでおこうと決めていた。めんどくさいことは好きじゃないのだ。これから三年間、つつがなく高校生活を過ごせたらそれにこしたことはない。

「でも、縫いものが好きなので手芸部に入るかもしれません」

教室の空気が微妙に変化したような気がした。気がするだけかもしれない。急激にはやまった鼓動を鎮めるのに精いっぱいで、ちゃんと確かめる余裕がない。

長い長いホームルームの後、ようやく解放された。リュックを背負っていると、背後で

「あ」という声がした。なんだか悲痛な響きだった。

振り返ると、すぐ後ろの席の男子が片腕を上げて口をぱくぱくさせている。袖についているボタンを机の脇の金具にひっかけてしまったらしい。垂れ下がった糸の先で、ボタンがぷらぷら揺れていた。

すばやく机の紙切れに視線を落とす。四十一番　宮多雄大《みやたゆうだい》。自分の自己紹介のあとしばらくどぎまぎしていたので、この宮多がどんなことを言っていたか記憶にない。

ソーイングセットからはさみを出して、糸を切ってやった。僕の袖についているボタンは金色でぴかぴかしているが、宮多のそれは黒ずんでいる。

「この制服な、兄貴のおさがりや」

視線に気づいたらしく、宮多が肩をすくめる。

「四歳上の兄貴がこの高校に行ってたからさ。ここやったら制服が使い回せるから、高校はこやないとあかんっておかんに言われてさあ、むちゃくちゃやと思わへん？」

「へえ、そうなんや」

そんな進路の決定のしかたがあるのか、ということより宮多の人懐っこさにびっくりする。

教室を出たら「なーなー」とあとをついてくる。廊下を歩きながら宮多は、担任がかわいかったとか、この学校は女子が少ないとか、中学の時にいちばん仲が良かった友人が違う高校に行ってしまってつまらないとか、おそらく頭に思い浮かんだことを思い浮かんだ順番でべらべらと喋った。相槌を打つので精いっぱいだったけど、勝手に喋ってくれるからある意味楽だ。

「俺こっちなんやけど」

宮多が指さしたのは、僕が帰るのとは正反対の方角だった。

「なあ、ＬＩＮＥやってる？」

「あ、うん……」

連絡先を交換するのに、ひどく手こずった。なんせ慣れていないから。もたもたしている自分がちょっと恥ずかしかったが、宮多は別段気にするふうでもなく「明日からよろしくなー」と陽気に手を上げた。前歯が大きくて、目がくりくりしていて、なにかのキャラクターじみている。

家族以外とＬＩＮＥをするのははじめてかもしれない。それだって、べつに仲が良いから連絡をとりあっているわけじゃない。「遅くなりそう、おかずとっといて」とか「パンもうないで」みたいな業務連絡をしているだけだ。

新しく追加されたアイコン（猫を抱いた宮多の自撮り）をそわそわと眺めてから、ようやく歩き出した。

母は入学式に来なかった。来ないだろうなと思っていた。

もともと仕事を優先するタイプの人だから、昔から学校行事にはほとんど参加したことがない。僕が小学六年の時にジャンケンで負けてＰＴＡ役員になったけど、その仕事もぜんぶ祖母がやっていた。

もし祖母がいなければ、僕らはたぶん生きていけなかった。「僕ら」には母も含まれる。

今日も祖母は「入学式、わたし行こうか」と気遣ってくれていたけど、もう高校生だし、自分ひとりでできることは自分でやりたいから、丁重にお断りした。

市役所に勤めている母が具体的にどんな仕事をしているかは、じつはよく知らない。周囲の人が「さつ子さんはえらい」と言うから、そうなのだろう。離婚して、自分の稼ぎでふたりの子どもを育てていてえらい、らしい。その他の理由として、泣き言ひとつ言わないから、働き者だから、等々。そういうわけで、僕の母はすばらしくえらい人なのだ。

数年前に近所の町工場が取り壊されて、そのあとに同じ色の屋根と外壁を持つ、まったく同じサイズの一戸建てが六軒建てられた。ドールハウスみたいだ。たまに想像する。真ん中からぱかっと開けたら、おもちゃのベッドやソファーや、服を着たクマやウサギが現れるんじゃないかとか。バカみたいだな、と思いつつも、いったん頭に浮かんだファンシーな想像は容易に消えてくれない。

僕の家はそのドールハウス群の先にある。なんということのない木造の二階建ての家には、塀や生け垣はない。狭い庭には二本の梅の木が植えてあって、初夏の頃には祖母がその実を摘んで梅シロップをつくる。

玄関の扉の両脇には、母や祖母が気まぐれに買ってきたアロエやパキラの鉢植えが並んでいる。日当たりの加減がいいのかなんなのか、ろくに手入れもしていないのにすべての鉢がのびのび葉を茂らせていて、こわいぐらいだ。

中学では十分に満たなかった通学時間は、高校に入ったら倍以上になった。新しく買ったスニーカーはすこし歩きにくい。どうせすぐに足が大きくなると、一サイズ大きいものを買ってしまったせいだ。

視線を落としてはじめて、靴紐がゆるんでいることに気づく。同じ制服を着た生徒とスーツ姿の母親が、靴紐を結ぶ僕を追い越していった。昼ごはんどうする、ピザでも注文しようか、という会話が聞こえて、そのとたんに空腹をおぼえた。自分でも焦ってしまうぐらい、強烈で性急な食欲だった。

あの家を建てたのは、僕の祖父なる人であるらしい。写真でしかその顔を知らない。僕が生まれる直前に死んだから。もし僕の家の歴史を年表にするとしたら、「祖父存命期」と「僕誕生後」で、ぱっきりとわけることになるんだろう。そしてそのふたつの期にまたがるようにして「僕の父が住んでいた期」が七年ほどある。

父と母が離婚した時、僕はまだ一歳だった。物心ついた時から、父は「外で会う人」だった。離婚の理由は知らない。母からかつて昔話のように繰り返し聞かされた、「一か月ぶんの小遣いとして受けとった金を父が一日で使い切ったことに激怒した母が父を家の外に蹴り出した話」や、「僕が赤ん坊の頃に父が目を離したせいで階段を転げ落ちた話」から想像するしかない。

家の前に黒田さんが立って、こちらを見ていた。

喪服と見まがうような黒いスーツをまとった黒田さんが、無表情のまま片手を上げる。背筋を伸ばし過ぎて、ほとんど反り返っているように見えた。男性としては小柄な部類に入ることを気にしているのが、姿勢に如実にあらわれる。

ついでに言うと、目つきが悪いのは近眼だからだ。めったに笑わないのは不機嫌なせいではない。大昔恋人から「あんた笑うと不細工になるね」と言われたことをいまだに気にしているためだ。近所のおばさんたちはそれを知らないので、一時期「松岡さんの家に人相の悪い男が出入りしている」「たぶん借金取り」というような噂がまことしやかに流れた。実際のところ黒田さんは金を取りにくるのではなく、持ってくるのだが。

「黒田さん。お父さん、元気?」

「ああ。相変わらずやで」

浮遊するクラゲのように、両手がふわふわと動いた。父は相変わらず地に足がついていない。たぶん、そういう意味なんだろう。

「今日、入学式やったんやろ。写真撮らしてくれ」

返事をする前に、黒田さんはもうスマートフォンを構えていた。

「ちょっとぐらい笑え」

「嫌や」

指を二本立てて、無表情で写真におさまってやった。ちょっとぐらい笑えや……なんやねん……ハア……おもんないな……。今撮ったばかりの画像を僕の父に送信する黒田さんは、たぶん自分が思ったことをぜんぶ声に出してしまっていることに気づいていない。ちょっとおもしろかったので指摘しなかった。

郵便受けをのぞいてみる。松岡文枝《ふみえ》宛の請求書。これは祖母に渡すこと。松岡さつ子宛、たぶんダイレクトメール。これは母に、と手の中でよりわける。僕と姉宛の郵便物はない。

「ほんなら、また来月な」と黒田さんが背を向けた。風が吹いて、扉の前のパキラの葉が揺れる。

台所で、祖母は鼻歌交じりにフライパンを洗っていた。あなたの・すきなひとと・おどってらしていいわ。曲名はわからないけど、機嫌は悪くないようだということだけはわかる。

テーブルの上に、ラップのかかった焼きそばの皿が置いてあった。

「姉ちゃんは？」

「出かけた。あ、それあんたのぶんやからね。豪華版焼きそば」

スポンジを片手に、祖母がテーブルを顎でしゃくる。「あ、そう」と答えると同時にお腹がぐーと鳴った。

「豪華版て。目玉焼きのってるだけやん」

ふふん、と不敵な笑みを浮かべた祖母の隣で、冷蔵庫から出した牛乳を飲んだ。泡だらけの祖母の手を、意味もなくじっと眺めてしまう。台所には洗剤の人工的なレモンの香りがたちこめている。

「あんたも、もう高校生か」

春休みから数えて、祖母が何度この言葉を口にしたのかもうわからなくなってしまった。そんなに感慨深いものなのだろうか。孫が高校生になるということは。

電子レンジを使う僕に「あとでな」と声をかけて、洗いものを終えた祖母は自分の部屋に入っていく。

焼きそばを食べ終えてから祖母の部屋に行くと、ちゃぶ台の上には祖母の裁縫箱が置かれていた。蓋に手毬《てまり》の絵が描かれたその箱を見るのは、ずいぶんひさしぶりのような気がする。

「お、めずらしいな」

「裾上げするだけやで」

たまごボーロを食べている自分の横で祖母が針を動かしている。それが僕の最古の記憶だ。二歳とか、三歳、だいたいそれぐらいの頃だろうか。祖母の膝の上に広がる、縫い合わされた端切れたち。でたらめなようで奇妙に調和のとれた彩り。それをパッチワークと呼ぶと知ったのはもうすこし大きくなってからのことだ。母や姉がちいさい頃にはワンピースやスカートを縫ってあげていたという。「着せたい服が売ってなくて」とのことだった。ないならつくればいい、という祖母の考え方が好きだ。

テディベアばかりつくっていた時期もあったし、刺繡《ししゅう》に凝っていた頃もあった。隣で見ていた僕が「やってみたい」と手を出すと、針の持ちかたから丁寧に教えてくれた。それからは、プラモデルを組み立てるように端切れを縫い合わせる作業を楽しんだ。ゲームを攻略するようにさまざまな刺繡のステッチを覚えていった。

でも手芸の楽しさを教えてくれた祖母は、ここ五年ほどはめったに針を持たなくなった。「目がかすむ」とか、「肩が痛い」というのが、手芸を敬遠するようになった理由のようだ。それでも「縫いものをする時は祖母の部屋で」というのは今も変わらない。なにしろ道具や本がそろっているし、わからないところがあれば祖母が教えてくれる。

「さつ子に頼まれてん。スカートの裾上げ」

母は針仕事を厭《いと》う。料理も億劫《おっくう》がる。みょうに潔癖なところがあって、掃除だけはまめにやる。

「みょうに潔癖なところ」は姉にもあって、こちらは洗濯にうるさい。僕なんて、三年前にたった一度「タオルを干す前に手で叩いて皺《しわ》をのばさなかった」という理由でいまだに「あんたの干しかたは雑」といやみを言われている。

だから一家の家事の分担は自然に、僕と祖母が料理、母が掃除、姉が洗濯、となっている。

でも、もうすぐ洗濯は各自こなすことになるのだろう。

姉は結婚し、秋にはこの家を出ていく。そう思うと、すうと風が吹くようだった。さびしい、というのとはちょっと違う。近所の町工場が取り壊された直後の、あの見慣れた風景に突然ぽっかり現れた隙間を眺めていた時の心もとなさによく似ている。

ちゃぶ台に祖母は母のスカートを広げる。僕は刺繡枠をはめたハンカチを置く。「では」と一礼して、針の数をかぞえた。ピンクッションには縫い針が二本、刺繡針が三本、まち針が六本。かならず針の数をかぞえること。終わる時も同様だ。これだけはほんとうに、きびしく指導された。

下絵に沿って、ハンカチに針を刺していく。

「どうやった、高校は」

針の穴が見えへん、とぼやく祖母にかわって糸を通してやりながら「どうもせんよ」と答えた。

「もしかしたら手芸部に入るかも」

「手芸部いうたら、女の子ばっかりなんと違う？」

中学校の時、クラスのいちばん派手な女子から「なあ、松岡ってコレなん？」と顔の横に手を添える仕草をされたことがあった。
一、調理実習で野菜を刻む手つきが慣れていた。

二、ソーイングセットを携帯している。
この二点によって、僕は件《くだん》の女子から「女子力高過ぎ男子」と呼ばれていた。それは「コレなん？」事件より以前の話だったが、「コレなん？」のあとに「女の子になりたいの？」「男が好きなん？」と続いて、もうほんとうに、バカじゃないのかと思った。調理や裁縫のスキルを性的指向と結びつけるなんて、突拍子もない。仮にそうだとして、だからなんだという話だ。「コレ」であってもアレであってもソレであっても、そんなこと他人にはなんの関係もない。呆れたりむかついたりで脳内はフル稼働だったが、傍目にはただ僕がむすっと黙りこんでいるように見えたらしい。

以後、いじめられることはなかったが、なんとなく浮いてはいた。家族からも「友だちがいない子」として認識されている。

「高校では友だちができたらええなあ、キヨ」

母は「手芸なんかやめとき」と言う。スポーツをやってほしいらしい。スポーツの種類は問わず、ただひたすら友だちと部活に燃えたり遊んだりしてほしいのよ、と繰り返す。普通の男の子みたいにさあ、と。

母が思う「普通の男の子」なんて、ドラマや漫画の中にしか存在しない気がする。

祖母はもちろん手芸をやめろなんて言わない。でも「友だちをつくったほうがいい」とすすめる熱意においては母に引けをとらない。「さすが母娘」というみょうな感心をしてしまう。

「そういえば今日、後ろの席のやつと喋ったで」

ぼそりと報告すると、陽が射したように祖母の顔が明るくなった。

「連絡先も交換したし」

あら、あら、と言いながらにじり寄ってくる祖母を、さりげなくかわした。

「よかったなあ、キヨ。あらそう……ほんまに……よかったよかった」

白く乾いた手が、膝に置かれる。なにやら赤飯でも炊きそうな勢いだ。そんなに心配されていたのか。「友だちがいない」とは、これほどの問題だったのか。

宮多と仲良くならなければならない。なりたい、ではない。これはもうぜったいに、ならなければいけない。

祖母が鼻歌をうたいながら裾上げを再開したので、僕も針を持ち直す。

ひと針、ひと針、縫いすすめていく時の静かな時間が好きだ。時々、自分の心がめちゃくちゃにひっかきまわされたうえ土足で歩き回られた部屋になったように感じることがある。でもゆっくり針を動かしているうちに、すこしずつ部屋が整えられていく。ひきずり出された怒りや悲しみは抽斗《ひきだし》や棚などあるべき場所に仕舞われ、汚れた床は拭き清められる。

楽しいことがあった時の針仕事は、その部屋に新しい扉や窓をつくってくれる。窓を開け放つと光が射しこむ。気持ちいい風が吹く。扉の向こうにまだ見たことのない景色が広がっている気がする。

「キヨは、刺繡してる時がいちばん楽しそうやな」

「うん」

祖母に教わっていろいろやってみたけど、刺繡には格別な手応えを感じる。同じ図案であっても、刺す布や選ぶ糸の色、種類、ステッチの違いによって、がらりと印象を変えるから。

糸だったものが、刺し重ねていくことによって、面になる。すこしずつかたちになっていく、その過程に興奮する。染めたり、絵を描いたりした布とも、織った布とも違う、糸を重ねていくことでしか生み出せない色や質感がある。それがおもしろくてたまらない。

祖母が手元をのぞきこんで「猫やね」と呟いた。最近、直径二センチほどの猫の顔を刺繡するのに凝っているのだ。白猫やら黒猫やら、もうハンカチ五枚ぶんも刺していた。

「猫の鼻の下の、こう、もきゅっとした部分がうまいこと表現できとる」

さすが祖母は、よくわかってくれている。母や姉は手芸をたしなまないので、なにを見ても反応が薄い。やろ、もきゅっとしとるやろ、と答える自分の顔がにやけているのが鏡を見なくてもわかった。

針を動かすのに疲れて、祖母の本棚を眺めた。『貴婦人のドレスデザイン』という本を取ったら、祖母がふっと笑みを漏らす。

「あんたそれ好きやなあ、前も読んでたやろ」

「だっておもしろいやん。ぜんぶが過剰で。見てやこのフリル」

ロココ時代の、パニエで膨らんだドレス。さぞかし動きづらかったことだろう。これでもかと袖や裾に縫いつけられたフリルやレース。繊細かつ豪奢《ごうしゃ》な刺繡。着心地や実用性を完全に無視しているような衣服。どう考えてもセンスの暴走だ。

頁をめくるたび、関心の芽が伸びていく。自分でも制御できないほどの速度で。

「着てみたい？」

祖母の問いに、きっぱりと首を振る。絞ったウエスト。大きく開いた襟。これらはすべてやわらかい曲線で構成された身体のための衣服だ。直線の多い、ごつごつとかたい自分の身体には、もっと似合う服がある。

「でも、つくってみたいねん」

どんな型紙を使っているのか知りたい。可能なら解体して見てみたい。刺繡をほどいて、どんなふうに糸を重ねていったのか、つぶさに確かめたい。

「ドレスをつくるの？　キヨはやっぱりお父さんに似たんやね」

言ってから、あわてて口に手を当てている。「父親に似ている」は、この家では禁句だ。母が機嫌を悪くする。たとえ母が今この場にいないとしても、口に出さないほうがいい。聞こえなかったふりをして本の頁をめくった。

「今日、夕飯なんにしようか」

祖母の声に壁の時計を見上げると、もう午後五時近かった。

「厚揚げがあるから、焼こか」

「野菜室の春キャベツと新玉ねぎも使い切ったほうがよくない？」

「春キャベツと新玉ねぎとベーコンをコンソメで煮て、厚揚げはトースターでかりっと焼いて、こないだ冷凍した豆ごはんがまだあったやろ、あれを出したらええわ」

献立の相談をしつつ、台所に向かう。

野菜を洗いながら「女子力」とひとりごちた。女らしいとか男らしいということ自体もよくわからない。そんなめんどくさいもん、いる？　と思わずにいられない。

調理や裁縫に長けているということは性別を問わず、生活力、と呼ぶべきではないだろうか。機械に強いとか、数字に強い、などもまとめて生活力だ。

それぞれが自分の得意分野の生活力を持ち寄って生きていくのではだめなのか。

玄関のほうで物音がした。ただいまー、という母の声がして、本人の姿が現れるよりはやく香ばしい匂いが台所に届いた。

「唐揚げ買うてきたわ」

キヨあんた好きやろ、という声が、洗面所の水音に交じって聞こえてくる。

どさり、と音を立ててテーブルに置かれた紙袋をのぞくと、信じられないような量の唐揚げが入っていた。

「ニワトリ一羽ぶんぐらいあるぞ」

「ニワトリ言わんといてよ、食欲なくすわ」

母が眉をひそめながら冷蔵庫を開ける。日頃僕にたいして「無駄遣いはあかんで」としつこいわりに、母はけっこう金の使いかたが雑だ。荒いのではなく。

「だいじょうぶやった？　入学式」

「うん。お金もちゃんと払ってきた」

納入金という名目で母から預かった封筒の中身は、漠然と想像していた金額よりもずっと多かった。金銭的な負担が少ないようにと公立の高校を志望したけど、公立はお金がかからないと世間の人が言っていたのはあくまで私立と比べて、という意味だったのだ。

あんたを大学に行かせるお金ぐらいはある。母はよくそう言うが、ありあまるほどの富に恵まれた家ではないことぐらいは、ちゃんとわかっている。世間並み、ということに、母はこだわる。中学生の時にこちらがなにも言わないうちからスマートフォンを買い与えられたのも、きっとそういう理由からだ。

姉は高校を卒業してすぐに今の職場である学習塾に就職した。僕も進学せず就職するつもりだ。

卒業後と言わず、すぐにバイトがしたい。そうすればもっとたくさん、布や糸を買える。お金が必要な時は言いなさいよ、と母は言うが、それは問題集を買うとか、「普通の男の子」みたいに同級生と遊ぶというような用途についてであって、「手芸屋に行くから金くれ」なんて言えない。

テーブルに皿を並べていると、姉が帰ってきた。居間に入るなり、ぺたりと座りこむ。背中がゆらゆらと、水草のように頼りなく揺れていた。

「ちょっとあんた、手を洗いなさい、手を」

家に帰ったらまず！　手洗い！　うがい！　子どもを叱るように、母が姉にびしっと人差し指を向ける。はい、わかりました。しっかりした返答とは裏腹にひどく緩慢な動作で洗面所に向かう。姉の背中を見送ってから、茶碗にごはんをよそった。

「結婚するって、たいへんなんやね」

箸を持つのも億劫そうに、姉がまたため息をつく。結婚式場の下見に行ってきたらしい。レストランウェディングというものを計画しているのだが、決めることがたくさんあり過ぎて、話を聞いただけで疲れたという。

「なんでレストランなん」

「そのほうがお金がかからへんのよ」

お金をかけずに、というところが堅実な姉らしい。就職するまで化粧っ気もなく、バイト代もほとんど貯金していた。外見にも行動にもとにかくいっさい浮ついたところがない。学習塾に勤めている今も、紺か灰色のパンツスーツを制服のように日替りで着て出勤していく。少々の体調不良では休まない。

堅実じゃなくて、ただ臆病なだけかもしれない。だって口癖は「わたしにはそういうの、無理」だから。絶叫マシン、バンジージャンプ、赤い口紅、派手なネイル、すべてにおいて「無理」と拒む。すこしでも日常から逸脱する類のものごとを、痛ましいほどの必死さで遠ざけようとする。

はじめは結婚式そのものを拒否していたのだが、婚約者のお母さんに懇願されたのでしかたなく結婚式を挙げることにしたという姉の説明には「しがらみ」「世間体」という単語が頻発した。

「招待状とかも、自分でつくろうと思ってて……まあそれは、紺野さんがパソコンでやってくれるらしいけど」

紺野さん、と姉が名を呼ぶたび、ふしぎな気分になる。名字にさん付けだなんて、よそよそしい。ふたりきりの時は愛称で呼んだり、それなりにいちゃついたりしているのだろうか。唐揚げをもりもりと頬張った。紺野さんといちゃついている姉。積極的にしたい想像じゃない。

「キヨあんた、そんなとこにコップ置いたらぜったい落とすで」

母が僕の手元を注視している。しぶしぶ、コップを押しやった。うっかりほんとうに落としでもしたら今度は「ほら！　せやから言うたのに！」と鬼の首を取ったように言うことは目に見えている。

「せやから言うたのに」と同じぐらい、母は「やめとき」という言葉を使う。コンビニ行こうかな。やめとき、雨降りそうやから。このお菓子食べようかな。やめとき、もうすぐごはんやろ。家にいるあいだずっと、そんなやりとりが続くのだ。

「レストランやなくてさあ、結婚式場の、ぜんぶセットになってるやつのほうが楽でええんちゃう？」

自分でいろいろ準備する手間を考えれば、そんなに値段の高い買いものでもない。母の主張は、だいたいそんなふうな内容だった。

「たとえばあの式場とか、ほらあの」

母が口にした式場の名を聞いた姉の頭が、前後左右に揺れ出した。悪い霊が憑依《ひょうい》したかのような動きに、祖母がぎょっとした顔で箸を置く。

「そこ、このあいだ見学会に行ったけど、無理」

白いチャペルがぴかぴかしていた。キャンドルサービス用の台にピンクの薔薇《ばら》でつくったハート形がくっついていた。ドレスがぜんぶフリフリでぴらぴらのお姫様みたいなド派手なものだった。それから、ウェディングフォトにハート形の風船をうつりこませるようなキラキラした感じの演出がなされていた。だから自分はぜったいに無理だ、とのことだ。

「キラキラって、そんなんあたりまえやないの。花嫁さんなんやから」

「あんなん無理。恥ずかしい。わたしが着られそうなドレス、一着もなかった」

フリフリでぴらぴらのお姫様みたいなドレスの、なにがそんなにいけないんだろう。恥ずかしい、という感覚がまるでわからない。色が白くて華奢な姉には、きっとよく似合う。似合うかっこうをすることの、いったいなにが恥ずかしいというのか。

つくってみたいねん。さっき自分が祖母に向かって言った言葉がふいによみがえる。着られるドレスがない。だったらつくればいいのでは？

「どこかに、ないかなあ。もっとこう……地味な感じの……」

いそいで、口の中のごはんを飲みくだした。姉ちゃん、と呼ぶ声が焦りのあまり裏返る。

「そしたら僕、僕がドレスつくったるわ。フリフリでぴらぴらしてない、ええ感じの」

えっ。上体をのけぞらせた拍子に、姉は膝をテーブルの裏で打った。その衝撃で僕の味噌汁が波打った。なんやのお行儀の悪い、と母が顔をしかめる。

「できんの、そんなこと」

ドレスをつくった経験はないけど、家庭科の授業でつくったエプロンやパジャマとそうかわらない気がする。型紙をとって、手順通りに縫っていけば仕上がるはずだ。

「なあ、おばあちゃん。やってみよ」

「えっ、わたしも？」

祖母がぎょっとしたような顔で胸に手を当てる。

「お母さんや姉ちゃんのスカートとかワンピースを縫うとったんやろ」

「だいぶ前の話やないの」

「やめとき」

母に会話を遮られた。

「出た、『やめとき』。なんでなん？」

母の表情がいっそう曇る。

「そんな素人のつくったドレスなんか着て結婚式挙げるの、水青《みお》がかわいそうや。みっともない」

「いや、みっともないってことはないけど……」

姉がおろおろと、僕と母を交互に見やる。

「だいたい無理やろ。あんたがドレスつくるなんて。やめときって」

「なんで？　なんで無理って決まってんの？　やってみなわからんって」

「わかります。やめとき。だいたい……だいたい、そんな」

そんな、に続く言葉を待つ。母はしかし、むっつりと黙りこんだ。

そんな、お父さんみたいなことするなんて。きっとそう言おうとしたのだ。

乱暴に置いた箸の先が皿に当たって、きん、という嫌な音を立てた。

ちいさくなっている。

低いフェンスに手をかけて川を見下ろしている父の背中を見て、そのことに驚いた。教師や同級生の父親と比べれば、父は格段に若く見える。どちらかというと背も高いほうだと思っていたが　どうも去年あたりからちいさくなっているような気がする。

「お父さん……縮んでない？」

「お前の背が伸びただけや」

並んで立つと、顔がほぼ同じ高さにあった。

「じきに追い越されるやろな」

若く見えるということは、美点でもなんでもない。すくなくとも父の場合は。だって、ものすごく頼りなく見えるから。

数か月に一度、こうして呼び出される。毎月黒田さんに送ってもらう画像だけでは物足りなくなったタイミングで会いに来る。娘にも会いたいのだろうが、姉が拒むので、ずっと会えていない。

許せないとか大嫌いとか、そういうことやないねん、と姉はいつか話していた。でもなんかめんどくさいやん、と。

たしかにめんどうだ。父に会ったと知ると、母はいつもほんのすこし不機嫌になる。「ほんのすこしの不機嫌」は、母の小言の増加につながる。

父と会うと言っても、べつに特別なことはしない。ただぶらぶらと歩いたり、とりとめもないことを喋ったりするだけだ。飲食店に入ることはまれで、小遣いをくれることは更にまれだ。金がない、と悪びれもせずに言う。もらった給料が毎月「いつのまにかなくなっている」のだそうだ。

たぶん俺の財布には小人が住んどって、遊び半分でお札や小銭を出したり入れたりしてるんや、と真顔で説明された時には本気で心配したが、どうも冗談らしい。あまりにもおもしろくなかったので冗談だと気づけなかった。

高架の上を、赤い特急が通り過ぎていく。日曜の午後、京都方面に向かう電車には、みっちりと乗客が押しこまれていた。

川に目をやると、しゅっと黒い影が走った。鯉かもしれない。まぶしくて、よく見えない。姉が以前この川でヌートリアを目撃したと言っていたが、僕はまだ見たことがない。川沿いの道には、人通りがほとんどなかった。手押し車を押すおばあさんがひとり、ゆっくりゆっくり通り過ぎていく。

以前、母が南の島の生活を紹介するテレビ番組を眺めながら「こういうのんびりしたところで暮らすのもええかもしれんね」と呟いていたが、僕にはこの街だってじゅうぶんのんびりしていると感じられる。あくびが出るほどに。

「なあ、水青って結婚すんの？」

ポケットをさぐってミントタブレットの容器を取り出しながら、ぎこちなく姉の名を口にする父を、しばらく黙って眺めた。ちいさなミントの粒を手のひらに落とす。ただそれだけの動作にいったいなにを手間取っているのだろう。肘をフェンスにぶつけたり、ばらばらと地面にぶちまけたあげく、「あわぁ」などと情けない声を発している。

「相手、どんな男なん」

「なんていうかまあ、普通にいい人、っていう感じ」

フツウニイイヒト。ほめ言葉になっていないことは百も承知だ。でも、そう表現するしかなかった。「お父さんと正反対のタイプやで」と言うわけにもいかない。

善良が服を着て歩いているような子やね。祖母は、紺野さんをそう評した。母は紺野さんのまじめさをいたく気にいったらしく、ぜったい放したらあかんで、とめずらしくはしゃいでいた。

服を着た善良こと紺野さんを結婚相手に選んだ姉は、おそらく正しい。正しい、とは、母の眉をひそめさせない、という意味だ。正しい結婚相手を選び、正しく出産をし、正しく子育てをして正しく老いていくのだろう。

姉ちゃんはすごい。皮肉ではない。心からそう思っている。母の言うような「普通に就職して普通に結婚して普通の家庭をつくっていく」というルートを歩むのは、母が考えているほど簡単なことじゃない。僕なんか普通に友だちをつくる、ということすらスマートにこなせない。

そうか。いい人か。口をもごもごさせる父の横顔をそれ以上見ていられずに、目を逸《そ》らした。

五歳の時、父が家に来たことがある。クリスマスのすこし前だった。

「ぜったい、着たくない」

姉はそう言って、父が「クリスマスプレゼント」と称して持ってきたワンピースを床に叩きつけた。床に落ちる直前、空気をはらんでふくらんだ生地がふわりとかたちを変えるさまが、奇妙に美しかった。あれはたしか、父が縫ったものだったはずだ。

その後、父が家に来ることはなく、かわりに黒田さんが毎月来るようになった。

「なあ、お父さん。服つくるのって、たいへん？」

父は困ったように人さし指で眉の上を掻く。

君のお父さんは、すごかったんやで。黒田さんが昔言ったことを、今も覚えている。すごかった。あくまで過去形だった。君のお父さんは、びっくりするようなかっこいい服を、ばんばんつくっとったんや。君らが生まれる前は。

川の上流から、白く大きな花びらと葉が流れてきた。花の名前は知らない。「花筏《はないかだ》」というきれいな言葉を教えてくれたのは祖母だった。桜以外の花にも使っていいんだろうか、花筏。

「姉ちゃんの結婚式のドレス、おばあちゃんとつくることになってん」

へえ、とそこではじめて、父の声が弾んだ。

「キヨはそんなんに興味あるんか」

姉からはまだ、了承を得ていない。祖母は「まああんたがそう言うなら、手伝ってやらんこともないけど……」とは言うもののけっして乗り気ではない。母は明確に反対の意思を示している。それでも、と思うのだった。それでも、それでも。

「もしや将来服飾系に進みたいとか、思ってる？」

母ならばきっと答えを聞く前に「やめとき」と切り捨てるような質問を、父は目を輝かせて発する。

「デザイン関係？　パタンナー？　あ、スタイリストとかか？」

「まだそこまでは、考えてないけど」

「どうせなら夢は大きいほうがええよ」

ふふ、と笑う父の横顔を、まじまじと見てしまう。夢は大きいほうがいい。成功者が口にするセリフではないのだろうか。

「……まあ、俺は無理やったけど」

デザイナーになって自分のブランドを立ち上げる、という目標を胸に和歌山のちいさな町から大阪の服飾専門学校に進学した父の、その「大きな夢」がいったいどこで潰《つい》えたのか知りたかった。

どの瞬間に父は「無理」と思ったのか。専門学校内で特別に優秀な生徒が選ばれるというパリ留学の選から漏れた時なのか。デザイナーになるはずが、大阪市内のアパレルメーカーに営業職で採用された時なのか。

もしくは、母を妊娠させて二十二歳で結婚した時か。姉が生まれて、それから僕が生まれて、父はなにを思ったのだろう。ああこれで俺も世間の「普通」や「正しい」に搦《から》めとられてしまったと悔やんだのだろうか。

母と結婚しなければ。姉や僕が生まれなければ。自分は夢を叶えられた、と思っているのかもしれない。もしかしたら、今でも。

僕たち、おらんほうがよかった？　何度も飲みこんできた言葉が、また唇からこぼれ出そうになる。飲みこむと、苦い。

父がなにか言ったが、電車の走る音にかき消されて聞きとれなかった。川で、魚がぴしゃんと跳ねる。

床に叩きつけられたワンピースは薄い水色で、腰のところに共布《ともぬの》のリボンがついていた。姉がもらった服のことは鮮明に覚えているのに、自分が父からなにをもらったのかは覚えていない。

あのワンピースがその後どうなったのか、その時父がどんな反応を示したのか、それもきれいさっぱり、記憶から抜け落ちている。

風呂上がりに髪を乾かしていると、洗面所の戸が開いた。鏡越しに目が合う。よほど仕事が忙しかったのか、姉のひとつにまとめた髪がずいぶんほつれている。

「おかえり。手洗うの?」

けっして広くはない洗面台の前に、並んで立つかっこうになる。

「なあ、あのお父さんがつくったワンピースって、結局どうしたんやったっけ?」

手を泡だらけにした姉が、「え」と眉間に皺を寄せる。

「なんなん、いきなり」

それきり黙りこんでしまったので、いったん切ったドライヤーのスイッチを入れた。鏡の中の姉の唇が動いているが、聞きとれない。

「え、なに?」

「ドレス。つくってくれる?」

フリフリでぴらぴらやない、シンプルなやつ。一息に言って、姉が息を吐いた。いつまでも泡のついた手をごしごしとこすりあわせて、こっちを見ない。

「ああ……うん。うん、もちろん」

平静を装おうとしたが、どうしても口元がむにむにしてしまう。ドレスをつくる。自分の手で。

本で繰り返し眺めた、贅《ぜい》をつくしたレースや刺繍やパニエでふくらませたドレスがつぎつぎと、花が咲くようにぽんぽんと頭に浮かんだ。

「そしたら、よろしく、ね」

姉がレバーを上げる。勢いよくほとばしった水が、スーツの袖を肘のあたりまで濡らした。

昼休みの教室には、机をくっつけたいくつもの島ができていた。大陸と呼びたいような大所帯もある。中学の給食の時間とは違う。めいめい仲の良い相手と昼食をともにすることができる。

入学式から半月以上過ぎた。僕は教卓の近くの、机みっつ分の島にいる。宮多を中心とする、五人組のグループだ。

宮多たちは、にゃんこなんとかという僕の知らないスマホゲームの話で盛り上がっている。猫のキャラクターがたくさん出てきて戦うのだという。ゲームをする習慣がないから、意味がよくわからない。さっきからぜんぜん会話に入れない。課金とかログインボーナスという単語が飛び交っている。もう、相槌すら打てなくなってきた。

祖母の顔を思い出して、懸命に話についていこうとした。だって友だちがいないのは、よくないことなのだ。家族に心配されるようなことなのだから。

「なあ、松岡くんは」

宮多の話す声が、途中で聞こえなくなった。ふいに高杉くるみが視界に入ったから。

世界地図なら、砂粒ほどのサイズで描かれる孤島。そこに彼女はいた。箸でつまんだたまごやきを口に運んでいる。唇の両端がきゅっと持ち上がった。虚勢を張るわけでもなく、おどおどするでもなく、たまごやきを味わっている。その顔を見た瞬間「ごめん」と口走っていた。

「え」

「ごめん。俺、見たい本あるから席に戻るわ」

ぽかんと口を開ける宮多たちに、背を向ける。

図書室で借りた、世界各国の民族衣装に施された刺繍を集めた本を開く。宮多たちがこの本に興味を示すとは到底思えない。わかってもらえるわけがない。ほんとうは『明治の刺繍絵画名品集』というぶあつい図録がよかった。残念ながらそちらは貸出禁止になっていたのだ。どのように糸を重ねてあるか、食い入るように眺める。ここはこうなって、こうなってて。勝手に指が動く。

ふと顔を上げると、近くにいた数名がこっちを見ていた。男女混合の四人グループのうちのひとりが僕の手つきを真似て、くすくす笑っている。

「なに?」

自分で思っていたより、大きな声が出た。他の島の生徒たちが気づいて、こちらに注目しているのがわかった。宮多たちも。でももう、あとには引けない。

「なあ、なんか用?」

まさか話しかけられるとは思っていなかったのか、ひとりがぎょっとしたように目を見開く。その隣の男子が「は?　なんなん」と頰をひきつらせた。

「いや、なんなん？　そっちこそ」

べつに。なあ。うん。彼らはもごもごと言い合い、視線を逸らす。教室に、ざわめきが戻る。遠くで交わされるひそやかなささやきや笑い声が、耳たぶをちりっと掠《かす》めた。

校門を出たところでキヨくん、と呼ばれた。振り返ったその瞬間に、強い風が吹く。キヨくん。小学校低学年の頃のままに、高杉くるみは僕の名を呼ぶ。当時は僕も彼女を「くるみちゃん」と親しげな感じで呼んでいたのだが、学年が上がるにつれて会話の機会が減り、今ではもうどう呼べばいいのかわからない。

「高杉さん。くるみさん。どっちで呼んだらええかな？」

「どっちでも」

名字が高杉というだけで塾の子らに「晋作《しんさく》」と呼ばれていた時期があって嫌だった、なので晋作でなければ、なんと呼ばれても構わないらしい。

「高杉晋作、嫌いなん？」

「嫌いじゃないけど、もうちょい長生きしたいやん」

「なるほど。じゃあ……くるみさん、かな」

歩いていると、グラウンドの野球部やサッカー部の声がどんどん遠くなっていく。今日は世界がうっすらと黄色くて、遠くの山がぼやけて見えた。春はいつもそうだ。すべての輪郭があいまいになる。

「あんまり気にせんほうがええよ。山田くんたちのことは」

「山田って誰？」

僕の手つきを真似て笑っていたのが山田某らしい。

「私らと同じ中学やったで」

「覚えてない」

個性は大事、というようなことを人はよく言うが、学校以上に「個性を尊重すること、伸ばすこと」に向いていない場所は、たぶんない。柴犬の群れに交じったナポリタン・マスティフ。あるいはポメラニアン。集団の中でもてはやされる個性なんて、せいぜいその程度のものだ。犬の集団にアヒルが入ってきたら、あつかいに困る。

アヒルはアヒルの群れに交じれば見分けがつかなくなる。その程度のめずらしさであっても、学校ではもてあまされる。浮く。くすくす笑いながら仕草を真似される。

「だいじょうぶ。慣れてるし」

けど、お気遣いありがとう。そう言って隣を見たら、くるみはいなかった。数メートル後方でしゃがんでいる。灰色の石をつまみあげて、しげしげと観察しはじめた。

「なにしてんの？」

「うん、石」

うん、石。ぜんぜん答えになってない。入学式の日に「石が好き」だと言っていたことはもちろんちゃんと覚えていたが、まさか道端の石を拾っているとは思わなかった。

「いつも石拾ってんの？　帰る時に」

「いつもではないよ。だいたい土日にさがしにいく。河原とか、山に」

「土日に？　わざわざ？」

「やすりで磨くの。つるつるのぴかぴかになるまで」

放課後の時間はすべて石の研磨にあてているという。ほんまにきれいになんねんで、と言う頬がかすかに上気している。

ポケットから取り出して見せられた石は三角のおにぎりのような形状だった。たしかによく磨かれている。触ってもええよ、と言われて、手を伸ばした。指先で、しばらくすべすべとした感触を楽しむ。

「さっき拾った石も磨くの？」

くるみはすこし考えて、これはたぶん磨かへん、と答えた。

「磨かれたくない石もあるから。つるつるのぴかぴかになりたくないってこの石が言うてる」

石には石の意思がある。駄洒落《だじゃれ》のようなことを真顔で言うが、意味がわからない。

「石の意思、わかんの？」

「わかりたい、といつも思ってる。それに、ぴかぴかしてないときれいやないってわけでもないやんか。ごつごつのざらざらの石のきれいさってあるから。そこは尊重してやらんとな」

「じゃあね。その挨拶があまりに唐突でそっけなかったので、怒ったのかと一瞬焦った。

「キヨくん、まっすぐやろ。私、こっちやから」

川沿いの道を一歩踏み出してから振り返った。ずんずんと前進していくくるみの後ろ姿は、巨大なリュックが移動しているように見えた。

石を磨くのが楽しいという話も、石の意思という話も、よくわからなかった。わからなくて、おもしろい。わからないことに触れるということ。似たもの同士で「わかるわかる」と言い合うより、そのほうが楽しい。

ポケットの中でスマートフォンが鳴って、宮多からのメッセージが表示された。

「昼、なんか怒ってた？　もしや俺あかんこと言うた？」

違う。声に出して言いそうになる。宮多はなにも悪いことをしていない。ただ僕があの時、気づいてしまっただけだ。自分が楽しいふりをしていることに。

いつも、ひとりだった。

教科書を忘れた時に気軽に借りる相手がいないのは、心もとない。ひとりでぽつんと弁当を食べるのは、わびしい。でもさびしさをごまかすために、自分の好きなことを好きではないふりをするのは、好きではないことを好きなふりをするのは、もっともっとさびしい。

好きなものを追い求めることは、楽しいと同時にとても苦しい。その苦しさに耐える覚悟が、僕にはあるのか。

　文字を入力する指がひどく震える。

「ちゃうねん。ほんまに本読みたかっただけ。刺繍の本」

　ポケットからハンカチを取り出した。祖母に褒められた猫の刺繍を撮影して送った。すぐに既読の通知がつく。

「こうやって刺繍するのが趣味で、ゲームとかほんまはぜんぜん興味なくて、自分の席に戻りたかった。ごめん」

　ポケットにスマートフォンをつっこんだ。数歩歩いたところで、またスマートフォンが鳴った。

「え、めっちゃうまいやん。松岡くんすごいな」

　そのメッセージを、何度も繰り返し読んだ。

　わかってもらえるわけがない。どうして勝手にそう思いこんでいたのだろう。

　今まで出会ってきた人間が、みんなそうだったから。だとしても、宮多は彼らではないのに。

　いつのまにか、また靴紐がほどけていた。しゃがんだ瞬間、川で魚がぱしゃんと跳ねた。波紋が幾重にも広がる。太陽の光を受けた川の水面《みなも》が風で波打つ。まぶしさに目の奥が痛くなって、じんわりと涙が滲《にじ》む。

　きらめくもの。揺らめくもの。目に見えていても、かたちのないものには触れられない。すくいとって保管することはできない。太陽が翳《かげ》ればたちまち消え失せる。だからこそ美しいのだとわかっていても、願う。布の上で、あれを再現できたらいい。そうすれば指で触れてたしかめられる。身にまとうことだって。そういうドレスをつくりたい。着てほしい。すべてのものを「無理」と遠ざける姉にこそ。きらめくもの。揺らめくもの。どうせ触れられないのだから、なんてあきらめる必要などない。無理なんかじゃないから、ぜったい。

どんな布を、どんなかたちに裁断して、どんな装飾をほどこせばいいのか。それを考えはじめたら、いてもたってもいられなくなる。

それから、明日。明日、学校に行ったら、宮多に例のにゃんこなんとかというゲームのことを、教えてもらおう。好きじゃないものを好きなふりをする必要はない。でも僕はまだ宮多たちのことをよく知らない。知ろうともしていなかった。

靴紐をきつく締め直して、歩く速度をはやめる。

第二章　傘のしたで

紺野さんがくれた傘は、水色だった。雨の日に使うものなのに、よく晴れた日の空のように明るい色。

なにかの記念日でも、誕生日でもなかった。使っていたビニール傘があんまり古びていたので、というのが唐突なプレゼントの理由だった。

「女の子っぽいのは苦手やろ、水青《みお》は」

結婚の約束をする前、いや恋人になるよりもっと以前に言ったことを、紺野さんはよく覚えていた。正確には「『かわいい』は苦手」だったけど、そうそう、と頷いた。紺野さんにとっても「かわいい」とはすなわち「女の子っぽい」ということなのだな、と思いながら。

水色の傘に、青いドットがプリントされている。寒色系だから女の子っぽくない、と判断したのだろうか。まだ一度も使ったことがない。その色と柄は、わたしに父から贈られたあのワンピースのことを思い出させる。

居間のテレビから「まだまだ梅雨空が続きます。傘を持ってお出かけください」という声が聞こえてくる。母はおよそ十年前から、毎朝同じニュース番組を見ている。天気予報のコーナーはいつも外からの中継だ。気象予報を読み上げる人は十年のあいだに何人も替わったけど、若くてきれいな女の人であることだけはずっと変わらない。

雨の日は傘をさし、雪の日はふわふわしたコートを着こみ、白い息を吐きながら天候を伝える。どうして部屋の中からじゃだめなんだろうとぼんやり考えながら、トーストを口に運ぶ。齧《かじ》って、噛んで、齧って、噛んで。機械的に繰り返す。朝は食べものの味がよくわからない。

「傘持っていきなさいよ」

テレビの中の人がすでに言ったことを、母がわざわざ口にする。わたしに言ったのか、弟の清澄《きよすみ》に言ったのか、はっきりしない。朝ごはんはいつも三人でとる。祖母は朝が苦手なので、この時間はまだ寝ている。

傘、傘、かーさ。台所に立ったまま、母が壊れたボイスレコーダーのように繰り返す。

「あー、はいはい」

清澄がぞんざい極まりない返事をすると、ようやく「傘」の連呼がとまった。

コーヒーに牛乳をどぼどぼと注いで、無造作にカップを摑《つか》む動作をぼんやりと見つめる。まぶしいほど白い制服のシャツをまとった身体は、またすこし大きくなったようだ。今年高校生になった清澄の四肢は最近、植物を思わせる勢いでぐんぐん伸びていく。

「カーディガンかなんか、持っていったほうがええんちゃうの」

気がつくと、母の視線が清澄ではなくわたしに向いていた。

「ちょっとそのシャツ、生地が薄いね」

自分の肩のあたりをなでるような手つきをする。下着が透けるのはとても恥ずかしいことだ、という意識が母にはある。

「この上に、ジャケット着るからだいじょうぶ」

清澄のようないいかげんな返事をしないこと。それがこの家で「姉ちゃん」という立場であるわたしの重要な責務だ。

このスーツも買い直したほうがいいかもしれない。今着ている二着もすでに二代目だ。グレーと紺を、日替わりで。夏でも長袖であること。身体の線が出ないような生地を選ぶこと。就職した時にそう決めた。

最初に家を出ていくのは市役所勤めの母だ。その次に清澄。最後にわたし。戸締りはしない。祖母は仕事をしていないから、いつも家にいる。

時々、自分が結婚して出ていった後のこの家の様子を想像してみる。今とそう変わらない気もする。学校や職場などで「いたの？」と高確率で言われるタイプであるところのわたしは、家庭でもまたたいへんに影が薄い。

勤務先の講師たちはそろいもそろって暑がりだ。今日のような日はきっとこぞって冷房の温度を下げに来る。カーディガンではなく、膝掛けを持っていくべきだ。

膝掛け。傘。やる気。口の中で呟いた。今日のわたしに必要なもの。

職場へは、電車で通っている。夜じゅうずっと雨が降っていたようだ。線路のレールもぎっしり敷きつめられた石も濡れて光っている。

湿気で頬にはりつく髪を指ではらった。ホームで電車を待つ人の表情は冴えない。皆さまざまな屈託を抱えていそうだ。もしかしたら「雨うっとうしいな」程度の屈託なのかもしれないけど。

学習塾の事務という仕事に愛着は感じていない。人前に出て喋るような仕事ではなくて、額が少なくても毎月お給料がもらえるなら、どこでもよかった。

礼儀正しい子ども、あるいは横柄な子ども。むやみに声の大きい講師、やさしい講師。居丈高な保護者、愛想の良い保護者。いずれにも特別な関心が持てない。でも、仕事だから。お給料をもらっているから。相手のことが好きだとか嫌いだとかそんなことはいちいち考えずに、誰に頼まれたことも公平にたんたんとこなそうとつとめてきた。

「松岡さん、まじめそうな顔してやるなあ」

結婚することを塾で報告した時、みゆき先生にそう言われた。生徒からいちばん人気のある講師だ。やるなあ、にかぶせるようにして、まわりの男性講師が笑った。

「だって相手、塾のコピー機のメンテに来てる人なんやろ？　仕事中に結婚相手つかまえたってこと？　すごくない？」

まじめそう、とよく言われる。そう言われるように生きてきた。かわいい、や、女の子らしい、ではなく。

背が高くて目鼻立ちがはっきりしている、みゆき先生。赤い口紅とタイトスカートがよく似合うみゆき先生。大きく胸元の開いた服が生徒や同僚講師の集中力を著《いちじる》しく削いでいることを、本人はまるで気にする様子がない。

野生の虎のようにしなやかな生命力にあふれているみゆき先生。あの人にはきっと、一生わからない。「まじめそう」で武装するわたしの気持ちなど。

電車のつり革に摑まって、ぼんやり窓の外を見つめる。流れていく景色に、雨粒の模様が重なる。

学習塾に勤めてよかった。朝早く出る必要がない。ラッシュの時間に重ならない。勤めはじめてそのことに気づいた時、うれしかった。

高校生の頃、何度も痴漢に遭った。はじめて被害を受けた時は恐怖と気持ち悪さで、電車を降りるなりホームで嘔吐した。思い出したくないことばかり、あふれ出る。つり革に摑まったままハンカチで口元を押さえて、浅い呼吸を繰り返す。

電車を降りると、雨は止んでいた。ビニール傘の先でこつこつと地面を叩くようにして歩いていく。塾は難波橋《なにわばし》を渡った先にある。橋詰には、両側にライオンの石像がいる。いっぽうは口を開き、もういっぽうは口を閉じている。阿《あ》と吽《うん》。

こんなふうになれたらいいのに。自分と紺野さんも、阿、吽、で通じ合えたらいい。

派手な結婚式はしたくない、とわたしが言った時の、紺野さんのなんとも言えない表情を思い出す。え、お色直しもせえへんの？　かわいいドレスいっぱい着たくないの？　いや俺はええけど、男やからそういうのはようわからへんしな、憧れとかもないし、でも女の子はそういうのやりたいんちゃうの？

紺野さんのまわりの「女の子」はそうかもしれない、でもわたしは違う。それをどこからどのように説明していいかわからない。言ってもわからないだろうな、というあきらめが、わたしの本音を奥底に押しこめる。

かわいいドレスなんか着たくない。でも、それをどう説明してもわかってもらえる気がしない。紺野さんにも、それから清澄にも。だって彼らは男だから。

塾の前に到着して、深呼吸をする。たんたんと、粛々《しゆくしゆく》と。終業まで、必要以上に感情を動かさないように。いつものように自分に言い聞かせてから、ガラス戸に手をかける。

授業を終えた小学生たちは、一様に疲れた顔をしている。講師ではないわたしが彼らと直接かかわる機会はあまりない。それでもたまに、やたらと事務室のスタッフに話しかけてくる生徒がいる。カウンターに寄りかかり、おもねるような上目づかいでテストの結果が悪かったとか今日の夕飯はとんかつだとか、報告してくるのだ。

紺野さんは子どもが好きだから、この話を聞いた時、「へえ、楽しそう」とすごくうらやましそうな顔をしていた。

人生のキャリアが短く、身体のサイズがちいさい人間。わたしにとって、彼らはただそれだけの存在だ。べつだん楽しいなどとは思わない。でも彼らを疎んじる気持ちもまた、おこらない。テストの結果が悪かったと落ちこむ子の背中を「元気出してね」と祈りながら見送るし、とんかつを楽しみにしている子には心から「よかったね」と声をかける。

親の期待を背負って、すこし猫背気味に歩く彼ら。みんながみんなそうではないけれども、自分の意思でここに来ている子は多くない。

わたし自身、そうだった。小学生の時から塾に通っていたが、それは母がそうしてほしい、と言ったからだ。

進学でも、就職でも、なるべく「ええとこ」を目指しなさいよ。自分のその発言が「親の期待」であるという自覚は、おそらく母にはなかったはずだ。

「子どもに過剰な期待をする親っておるよなあ」と、いつだったか呆れたように言っていた。

「しょせん凡人の子は凡人や。私はあんたらに、天才的頭脳とか特別な才能があるなんて期待したことは一回もないからね。しっかり勉強して、すこしでも安定した業種の会社に入ってほしいだけ」とも。

大学には行かない、とわたしが言った時、母は泣いた。しくしくと、でも、めそめそと、でもない。涙をひとつぶだけ、ぽろっと零《こぼ》した。

「そう、わかった」

あの時の母の顔が今でも、忘れられない。

凡人の子は凡人。でも、母がほんとうにそれを言いたかった相手は、父かもしれない。母が心配するような、夢を追う生きかたをしたかったわけじゃない。あの頃も、今も、わたしには特別やりたいことなんてなかった。ただこつこつ働いて、静かに暮らしたいだけ。そんなわたしが大学に行くのは、すごくお金がもったいないことだと思った、ただそれだけ。

教室の扉が開いて、中学受験コースの生徒が一斉に出てきた。この時間、塾の前の通りには迎えの車がずらりと並ぶ。いったん止んだ雨がまた降りはじめたらしく、行き交う車のライトが滲んで見えた。

イワシやアジの群れを思わせる一群が去った後に、足をひきずるようにしてフジエさんが廊下を歩いてくる。彼女もまた、テストの結果についてなぜか毎回わたしに報告してくる生徒だった。

今日はめずらしく無言のまま、伏し目がちにカウンターの前を通り過ぎる。おつかれさま、と声をかけると、のろのろと顔を上げた。

「お腹痛くて」

フジエさんは脇腹のあたりをさすっている。

「それはしんどいな」

重々しく頷くフジエさんの顔には、生活に疲れた中年女性のような翳りがある。他の子に「フジエさん、フジエさん」と呼ばれていたので、古風な名前だな、と思っていたら後から名字だとわかった。

「今日お母さん迎えに来てないし、最悪」

さ、い、あ、く。一音ずつ区切られた言葉が、ぼとぼとと床に落ちた。

「ちょっとちょっと、ちょっと待って」

呼び止める声がみっともなく裏返った。

「どうすんの？　まさかひとりで帰るの？」

「そらそうやん。お母さん、今日は夜勤やねんて。しょうがない」

「あぶないから、誰かお友だちと一緒に帰ったら？」

「もうみんな先に帰った」

フジエさんはガラス戸を押す。その手を摑んで、あかん、あかんって、と繰り返す。ひとりで帰すわけにはいかない。

「ひとりはあぶないから、ほんとに」

ちょっとー、なんのさわぎー？　背後でみゆき先生の声がする。コツコツという靴音が近づいてきた。

「フジエさんがお迎えなしで、ひとりで帰るって言うから」

みゆき先生は、わたしとフジエさんを交互に眺める。時間にしてほんの三、四秒程度だったかもしれないが、もっと長く感じた。檻から放たれた虎に鼻先を近づけられているような気分だ。

「あ、そう」

で？　それのなにが問題なん？　で？　なにが？　で？　なにが？　みゆき先生の首が、メトロノームのように規則的に左右に動く。

「だって、あぶないから……」

「あぶないかもしれんけど、もう小六やんな、フジエさん」

「はい」

「車に気をつけて帰ってね。さようなら」

これでこの話はおしまい、とばかりに、みゆき先生は音高く手を打ち鳴らす。反論の言葉をさがしているうちに、フジエさんはさっさと外に出ていってしまった。

「やさしいなあ、松岡さんは。生徒が心配なんやね」

ヤッサシイナア！　というような、頓狂な言いかただった。

「でもどうするつもりやったん？　家まで送っていくとか？　それかタクシー呼んであげるとか？　なあ、あんたひとりで帰る子見つけるたびにああやって騒いでんの、いつも」

「いえ、そういうわけでは……」

なあ、松岡さん。声を落として、みゆき先生が腕を組む。塾に通う子ならば、ひとりで帰るという状況に慣れておく必要がある、と説くみゆき先生の言っていることは、まちがっている。でもどこがどうまちがっているか、指摘するための言葉が出てこない。頭の中で文章を組み立てられない。わたしはもしかして頭の回転が遅いのだろうか。

「無責任に親切ふりまくほうが、不親切な結果になることもあるのよ？」

そんなんやなくて、と言い返す声が掠れた。ガラス戸にうつるわたしの姿は、大人に叱られている子どものように見える。


台所のテーブルで、清澄はスケッチブックに覆いかぶさるようにして絵を描いていた。ずいぶん集中しているらしく「ただいま」と声をかけても反応がない。

居間の電気は消されていた。祖母も母ももう寝たのだろう。正面の椅子に腰かけて、鉛筆を走らせる清澄をしばらく観察した。顔が紙に近過ぎて、絵を描いているというよりはスケッチブックの匂いを嗅いでいるように見える。

ふしぎな子だ。あらためてそう思わずにいられない。だって、父にも母にも似ていない。意志の強そうな直線的な眉と、色素の薄い茶色の瞳。話していると時々、きまり悪くなる。あまりにもまっすぐにこっちを見るから。

清澄はまだ、わたしに気づかない。集中するのはけっこうなことだが、これでは近眼一直線だ。軽く頭を叩くと、ようやく顔を上げた。

「……びっくりした」

「ただいま」

「いつ帰ってきた？　ぜんぜん気いつかんかった」

鉛筆の持ちかたがおかしいので、清澄の手首は真っ黒に汚れている。母は正しい持ちかたを教えるべく奮闘していたが、徒労に終わった。この持ちかたで字も絵もちゃんと書けている、手なんて後で洗えばいい、で押し通してしまった。

「牛乳飲も。姉ちゃんも飲む？」

ふたつのマグカップに等分に牛乳を注いで、ひとつを電子レンジに入れる。わたしはつめたい牛乳が飲めない。弟はそれをちゃんと覚えていてくれている。

「蜂蜜入れるんやろ」

「あ、それは自分でやるから」

「いい、やったるから、そのあいだにそれ見といて」

清澄がスケッチブックを指さす。

「ドレスのデザイン、考えてみた」

結婚式自体をしない、というのが、ほんとうはいちばんよかった。でも紺野さんのお母さんに「みなさんへのお披露目でもあるのよ、お式は。しないんなら、菓子折り持って親戚の家一軒ずつまわってもらうことになってしまうのよ。それはめんどくさいやろ?」と諄々《じゅんじゅん》と諭されて、頷いてしまった。紺野さんのお母さんが言うことにも一理ある。「めんどくさい」のはわたしだって好きじゃない。

オリジナルウェディングと言えば聞こえはいいが、実際はおおごとにせず、こぢんまりと終わらせたかっただけだ。結婚式場で提示されるプランはいずれも、気恥ずかしくなるぐらいぴかぴかのキラキラで、めまいすらおぼえた。

費用も抑えられるし、なるべく自分たちで用意したり、つくったりできるものは、そうしよう。紺野さんと話して、そう決めた。

清澄が「そしたら僕が姉ちゃんのウェディングドレスつくる」と言い出した時、驚きはしたが、いっぽうでみょうに納得もした。昔から、やたら縫いものばかりしたがる子だった。最初は父に憧れているのかと思っていたが、次第に純粋に裁縫を楽しんでいるだけだとわかってきた。

父は服飾系の専門学校を出た後に、アパレルメーカーで働いていた。それは母と結婚していた頃の話で、現在は専門学校時代の同級生だった黒田という男の会社に雇われて、デザイナーの真似事みたいな仕事をしている。らしい。清澄はよく会っているようだが、わたしはもう何年も父と顔を合わせていないから、らしい、としか言えない。

流しに手をついた清澄が、そわそわとこちらを窺っていた。

「なに？」

「スケッチブック。はやく見て」

「ああ」と「うん」の中間のような、熱のこもらない返事をしてしまった。

四隅がくったりと白く折れた表紙を開くと、マーメイドラインのドレスが描かれていた。身体にぴったりと沿うシルエット。肩ひもはなく、胸のあたりに矢印つきで「リボン刺繍を入れる」と注意書きがしてある。

肌の露出が多過ぎる。こめかみを押さえつつ、頁をめくる。次のドレスはスカート部分がぼわんと大きく膨らんでいた。この子は「シンプル」というわたしの要望を聞いていなかったのだろうか？

「どう？」

「ディズニーのプリンセスみたい」

「そう？　どのプリンセス？」

プリンセスはプリンセスだ。どの、と言われても困る。

「……この、ウエストのとこについてるでっかいリボンはなに？」

「リボンはリボンやろ。飾りや」

「シンプルなやつにしてって言うたやん」

「シンプルやんか、ウェディングドレスとしては」

胸元が開き過ぎてる。ドレスってこんなもんやろ。わたしこんなん着たないわ。問答のすえに、清澄がおおげさなため息をつきながらスケッチブックを押しやった。鉛筆を転がしてから、頬をふくらませる。

「ほんなら、どんなんやったらええんか、ちょっと描いてみてよ」

絵は得意ではない。どんなにがんばっても、音楽と美術の成績は「3」だった。しかしこのままでは、本意ではないドレスを着せられてしまう。

「長袖で、あんまり身体の線が出なくて、それで丈は、長すぎても短すぎても嫌……」

「ドレスちゃうやん！」

わたしがスケッチブックの端に描いた絵を一瞥《いちべつ》して、清澄が叫んだ。

「こんなん、割烹着《かっぽうぎ》や！」

もういっそ、ほんとうに割烹着でいいのかもしれない。色も白だし。そんなことを鬱々と考えながら、顎まで湯につかった。浴室の壁のタイルのひび割れを見つめながら、清澄の言葉を反芻《はんすう》する。

「ドレス着ることの、なにがそんなに嫌なん。ぜんぜんわからへんわ」

責めるつもりで言っているのではないようだった。まじりっけなしの「わからない」という気持ちをぶつけられて、やっぱりひとことも返すことができなかった。

男だから、理解できない。どうしても、そう思ってしまう。口を開く前に、言葉を尽くす前に、あきらめてしまう。

「男だから」ではないかもしれない。他人だから。

布団にもぐりこむと、しっかり乾かしたはずの髪が、まだすこしだけ湿っているように感じられた。このまま寝るとたぶん寝ぐせがついてしまうけど、また洗面所に戻る気力がない。

どうしてこんなに疲れているのかわからない。今がいちばん幸せな時でしょう、といろんな人に言われるのに。言われるからこそなのかもしれない。今がいちばんだったら、これからはそうではなくなるのかと勘ぐってしまう。

なにがそんなに嫌なん。清澄の声がまたよみがえってくる。

小学六年生だった。ちょうどフジエさんと同じ年の頃。

塾の帰りで、あたりはもう暗かった。夏の夕方はいつまでも明るかったのにあっというまに夜になるんだな、とびっくりしたことを覚えているから、あれは秋のできごとだ。

その男が道路の向こう側から歩いてきた時、最初は父かと思った。背格好がよく似ていたから。違うと気づいた時にはもう、目の前に迫ってきていた。

反射的に踵《きびす》を返して駆け出した。ちょっと待って、ちょっと待って。男の声は笑っているようだった。笑いながら、追いかけてきた。子どもの足に追いつくことなど造作もないと言いたげに、余裕たっぷりにへらへらと笑っていた。

叫びたかったけれども、声が出なかった。ひいひいという息が漏れただけだ。しゃっという音が聞こえて、男はそのままわたしを追い越して走っていった。去り際に「かわいいね」と言い残して。

かわいいね。べっとりとはりつくような声が、不快感とともに長く耳に残った。

走って家に帰ったわたしを出迎えたのは祖母だった。

「スカート切られとる」

祖母に言われてはじめて気づいた。あの時聞こえた「しゃっ」という音は、カッターかなにかでスカートを切りつけられた音だった。ギャザーをたっぷりと寄せたスカートにオーガンジーをかぶせたボリュームのあるデザインで、だから肌には届かなかったらしく、怪我はせずに済んだ。あの頃のわたしは、そういう服ばかり着ていた。

しんどいかもしれんけど、ちゃんと話してや。祖母にそう説得されて、その日のうちに警察に行った。

翌日、学校に報告に来たのも祖母だった。担任は男の先生だった。同席した教頭も。切られたスカートを見るなり、ふたりは「ひらひらしとるなあ」「オンナノコオンナノコした服やから、目立ってたんちゃうか」と言い合った。ひらひらしているから狙われたのだというふうに聞こえた。

「松岡さん、べつに身体に触られたりはしてへんのやろ。まだよかったやないか」

「よくありません」

祖母の声が震えていた。そんなんでなぐさめたつもりにならんといてください、他人の傷を軽視してるだけです、と祖母がきっぱり言ってくれなければ、わたしはもっと長いあいだ、苦しみ続けただろう。

卒業までずっと、その担任の顔を見るのが嫌だった。もうスカートはきたくなかった。スカートが気になると、他のものも気になってきた。たとえばブラウスについているレース、靴下の色、髪の長さ。

かわいい、のは嫌だ。「オンナノコオンナノコした」かっこうは。

その年のクリスマス近くに、父が家に来た。「養育費」を持参した父が玄関先でひどく居心地悪そうにマフラーに鼻先を埋めていたことを覚えている。

「これ、プレゼント」

包装紙もリボンもなく、茶色い紙袋に、それでもきちんと折り畳まれて水色のワンピースが入っていた。タグもなにもついていないワンピース。父が自分で縫ったのだ、とすぐにわかった。

傍らでは清澄が同じような紙袋を受けとっていた。なかみも覚えている。青色の手提げだ。帆布のような布地で、なんの飾りもついていない。おそらくあれも父のお手製だったのだろう。通園バッグに、とでも思ったのかもしれないが、受けとった清澄は浮かない顔をしていた。無理もない。そんなものを受けとって喜ぶ五歳の子どもはいない。

「な、どうかな、水青」

水玉模様かと思ったその柄は、よく見ると雫《しずく》のかたちをしていた。生地をたっぷり使ったスカートの部分が、持ち上げると空気をはらんでぷわんとふくらんだ。

「いらん」

え、と呟いてその場に突っ立ったままの父を見ていると、大声で喚《わめ》いてやりたくなった。すこし前なら、きっと喜んだ。喜ぶことができた。かわいい服、お父さんありがとう、と笑えた。でも今は違う。この服を喜べなくなった理由を、この人は知らない。だって家にいないから。わたしたちのそばにいないから。わたしがもう変わってしまったことを、父は知らない。

「ぜったい、着たくない」

ワンピースを床に叩きつけて、そのまま自分の部屋に閉じこもった。ばたばたと廊下を駆けてくる足音と、母が「とりあえず、帰って」と言うのが聞こえた。

なあ、お父さんまた来る？　次いつ来る？　清澄が訊ねているのも聞こえてきた。頭から布団をかぶって耳をふさいだから、それに対する父の返事は知らない。

かわいい、と誰かに言われると、今でもすこし耳の奥がざわざわとする。その言葉に濁ったものが含まれてはいないか、疑ってしまう。たとえば子どものスカートを切りつけたいというような欲望。仄暗《ほのぐら》いもの。悪意。ざわめきの中で必死に耳を澄まして聞き取ろうとする。かわいいってどういう意味？　どういう意味で言ってるの？

フジエさんは、ぶじに帰れただろうか。せめて傘を貸せばよかった。寝返りを打って、暗闇に目を凝らす。見慣れた家具の輪郭だけが、そこにある。

「清澄くん、ええ子やなあ」

紺野さんが運ばれてきた丼の蓋を開けると、ふわりと湯気がたってネクタイの柄がかすんだ。たまごと、お出汁《だし》と、てっぺんにのった三つ葉の香りがいっぺんに押し寄せる。

今日は午後二時からの出勤だったが、紺野さんの昼休憩の時間に合わせてすこしはやく家を出てきた。招待客のリストを渡すと、「はい、たしかに」と重要な書類かなにかであるように両手で受けとってかばんにしまった。

おおげさでない結婚式をしたい、という提案にいちばん喜んでくれたのは、紺野さんのお母さんかもしれない。「浮ついたところのない、つつましいお嬢さん」と、すこぶる好意的な解釈をしてくれた。あのお母さんとなら、これからもうまくやっていける気がする。

紺野さんが小学生の頃にお父さんが病気で亡くなって、以来、ずっとふたりで力を合わせてやってきた、という彼らは、よく似ている。子どもや動物を見るとうれしげに細くなる目元や、しゃっきりと伸びた背筋が。それから、よく笑うところが。

「お姉ちゃんのためにドレス縫いたい、なんて。けなげな弟やん」

「けなげ……」

紺野さんは一度、清澄に会っている。けっして口数の多いほうではないから、おとなしそうな、控えめなやさしさを持ち合わせた男の子に見えたのかもしれない。

激流。あるいは瀑布《ばくふ》。清澄はわたしに、そんなものを連想させる。

あの子が考えているのは「手作りのドレスで姉ちゃんを喜ばせたい」なんていう、かわいらしいことではない。思う存分布やら糸やらをあつかいたいという欲求を、身体じゅうから迸《ほとばし》らせている。だからこそまぶしい。それからちょっとだけ、こわい。自分の内に激流を持たぬ者は、その勢いを前にぼうぜんと立ちすくむことしかできない。

「シンプルなデザインにして、って言うたのに、ぜんぜんわかってくれへんのよ」

「ほんまにちゃんと言うたん？　反論されてすぐあきらめたんちゃう？」

図星をさされて、押し黙るしかない。

「それにしても、さあ」

いつのまにか親子丼を半分ほど食べすすめていた紺野さんが、一度かばんにしまったリストを取り出した。地下にあるこの店は、まだお昼前なのにすでに七割以上席が埋まっていた。会社勤め風の男たちに交じって、女の人が幾人かいる。母よりは年配で、祖母よりはすこし若いぐらい。あれぐらいの年齢の女の人を電車の中でも街中でもいちばんよく見かける気がする。いちばん元気な年代なのだろうか。

「少なくない？　こんだけしか呼ばへんの？」

親戚のうち数人と、友人の名をこれまた数人書いたところで、手がとまってしまった。塾には「式は身内だけで」と報告しているので、誰の名も書けない。

「うちは、親戚づきあいが少ないの。父のほうの親戚には会ったこともないし」

「お父さんぐらいは呼んであげたら？」

黙っていると、紺野さんはなんだか困ったような顔で人さし指で眉の上を掻く。父にたいして「ぜったいに結婚式になど来てほしくない」と思うほどのわだかまりは、大人になった今はない。ただ、呼べば確実に母は不機嫌になる。

「そういうもんかなあ。けど、夫婦は離婚しても、親は親やろ」

紺野さんは、お父さん側の親族も招待するのだそうだ。親は親。紺野さんらしい発想だ。死別後も父方の姓を名乗り、お正月とお盆にはかならずお父さんの実家（「本家」という言葉を、紺野さんは使う）に顔を出すという。

「今日はあと何社まわるの？」

視線を落としたまま話を逸らした。ふたりでいるあいだ、目を見つめるよりずっと長い時間、紺野さんの手を見ている気がする。

「午後からは二社」

コピー機のメンテナンスに来る人。紺野さんについては、それだけの認識しかなかった。顔もろくに見ていなかった。落としたペンを拾ってもらうまでは。

わたしが取り落としたペンはころころと、コピー機の前でしゃがんでいる紺野さんの足元まで転がっていった。紺野さんは、拾い上げたペンの埃《ほこり》を指先でさっと払い、立ち上がろうとするわたしを片手で制して歩いてきた。

「このペン、書きやすいですよね。僕も愛用してます」

すこしも音を立てずに、ペンをわたしの机の上に置いた。コンビニで百円ちょっとで買えるペンを、まるで希少な宝石みたいにあつかうその手と、やさしそうな笑顔と、コピー機をあつかっている時に滲んだらしい額の汗が、いっぺんにわたしの目に飛びこんできた。

それらを「どんなふうだった」と表現する語彙《ごい》が自分の中にないことがもどかしい。

腕時計を見た紺野さんが、ふー、と息を吐く。

「もう時間？」

「うん。ごめんな」

伝票を摑んで立ち上がる瞬間、ふわりと頭に手を置かれた。この人なら、この手になら、触れられてもきっと嫌じゃない、という直感は正しかった。紺野さんはわたしを脅かさない。

ハンバーグ、カレー、うどんの出汁。飲食店が立ち並ぶ地下街の匂いは混沌としている。

水青はかわいいね。以前の紺野さんは、よくそう言った。やめて、と拒んだら、ほんとうにふしぎそうに首を傾げた。

「なんで？」

「なんででも」

表情をかたくしたら「わかった、ようわからんけどわかった。もう言いません」と両手を上げた。降参、と言うように。

約束を守る人だ。それ以来二度と「かわいい」を口にしていない。

「清澄くんとしっかり話し合ったほうがええで。ドレスのことは」

「どうかなあ。あの子、なんでも自分のしたいようにしたい子やからね」

「そしたら、もうドレスは弟にまかせる？」

「それは嫌やけど……」

あー、もう！　もどかしそうに頭を掻きながら紺野さんが立ち止まった。後ろから歩いてきた人が、追い越しざまに「邪魔」と言いたげな視線を投げかけていく。

「どうしてほしいのか、しっかり言葉で伝えなあかんで」

水青が考える「シンプル」とな。そう言いながら、紺野さんが片手を上げる。

「清澄くんの考える『シンプル』は今」

もう片方の手も持ち上がる。両手を広げたまま「こんぐらいかけ離れてるよな」と続けた。

「それを、こう」

こうして、こう。腕をクロスさせている。

「わかる？」

「なに？　光線出してんの？」

「違う、今そんな話してへんやろ」

たいそう気色ばんでいるが、そう問いたくなるほど紺野さんのポーズはウルトラマンのそれに酷似していた。

「ふたりの意見が重なるこの、この地点まで、話し合え、っていう話や」

肩を動かして、クロスした部分を強調している。

「……うん」

「伝える努力をしてないくせに『わかってくれない』なんて文句言うのは、違うと思うで」

幾人もの人がわたしたちを追い越していく。そうやね、と答えた声が掠れて、地下街のざわめきに飲まれた。

伝える努力。伝える努力。口の中でぶつぶつと繰り返しながら、コピー機が吐き出すプリントが重なっていくさまを眺めていた。

コピーをとるのは嫌いではない。書類をつくったり、事務室をきれいに掃除したりすることも。

誰にでもできる仕事かもしれない。でも、誰かがやらねば他の仕事が滞る。

隣にみゆき先生が立った。

「コピーですか？」

「フジエさん、ちゃんと帰ってたよ」

わたしの声とみゆき先生の声が重なった。

あのあと、家に電話してたん、とうつむくみゆき先生は、わたしと目を合わせようとしない。

「そうですか」

ありがとうございます、と言うのもおかしい気がして、重なっていくプリントを見つめ続ける。

「……子どもの頃、こわいものがいっぱいありました」

わたしはいったいなにを言っているのだろう。喋りながら、わからなくなった。わたしはいったいみゆき先生になにを伝えたいんだろう。黙ったまま聞くみゆき先生もまた、コピー機から吐き出されるプリントを見つめている。

「でも自分がこわいと思うもののことを、まわりの人から『そんなん、ぜんぜんたいしたことない』と決めつけられることのほうが、もっとこわかったんです。今でも。今もそうです」

ピー、という音がして、コピー機の動作がとまる。紙切れを伝えるメッセージが、ちいさな画面に表示された。

「みんな一緒や、それは」

みゆき先生がコピー機の脇に積まれた用紙の束をとって、わたしに差し出す。正面から向きあうかっこうになった。

「あ、これはみんな一緒やからがまんせえっていう意味ちゃうで」

「はい」

みゆき先生と視線がかちあう。口を開きかけてまた結ぶ彼女は、なんだかいつもより、もじもじしているような気がする。

「いつもコピー、たくさんありがとう」

わたしにコピー用紙の束を押しつけて、くるりと背を向けた。用紙の補充を急かすピーという音が、また鳴る。


水青はどうしたいの。紺野さんは、よくそう問う。「伝える努力をしていない」とは、もしかしたら清澄とのことだけでなく、わたしの常態に対する苦言だったのかもしれない。

足元にひざまずいてメジャーをたぐりよせている祖母が、ふいに顔を上げる。

「そしたら、採寸するよ」

仕事が休みの今日は、一日家でゆっくりするつもりだった。洗濯物を干していると祖母がやってきて、採寸の話をされた。

「でも、まだデザイン決まってないから」

「どんなデザインにするにせよ、とにかく採寸は必要やからね」

それで、何年かぶりに祖母の部屋に入った。

「キヨとさつ子が帰ってくる前に、済ませてしまおか」

「うん」

「採寸済んだら、ケーキ食べに行こか。ふたりには内緒で」

ケーキ。とっておきの提案をするように、祖母がいたずらっぽく目を輝かせる。ほんの一瞬、子どもの頃に戻ったような錯覚を起こした。昔から「内緒やで」と、こっそりお菓子を食べさせてくれるような人だった。お姉ちゃんていうのは、なにかとがまんさせられがちやからね、と言う祖母自身、五人きょうだいの長女だ。

部屋を見まわしてみる。以前よりすっきりしているような気がする。昔はかならずちゃぶ台の上に散らばっていた端切れや毛糸の玉が出ていないせいもあるが、もの自体が減っている。

「おばあちゃんももう長くないからね。ちょっとずつものを整理してるんよ」

わたしの視線をたどったらしい祖母の発言にぎょっとする。

「なに、なに言うてんの、まだ元気やん」

「七十過ぎたら、もういつどうなるかわからへんよ」

祖母がそんなことを考えているなんて、思ってもみなかった。なんと答えてよいかわからずに、唇をぎゅっと結ぶ。

メジャーが胴にぐるりと巻かれる。肩に、腕に、つぎつぎと当てられる。祖母は手元のノートに数字を書きつけて、細いなあ、とため息をついた。

「おじいちゃんも見送ったし。水青も結婚するし、心配でおちおち死ねません、なんてこともないから、幸せなことやで」

さつ子は、と自分の娘の名を口にして、なにがおかしいのかくすっと笑った。

「あの子はまあ、なにがあっても自分でなんとかするやろうし」

「キヨは？」

「だいじょうぶや、あの子なら」

キヨは、自分のなりたいものになっていく。そんなふうに太鼓判を押される弟への羨望。そこに、ほんのりと濁った色が混じる。あんたはええなあ、と憎々しげにため息をつきたいような、そんな汚くて暗い気持ち。

「好きなことだけして生きていきたい、なんて甘くないかな。わたしはとにかく、堅実な人生がいい。今、そんなふわふわした夢見られる時代やないと思う」

鉛筆を走らせていた祖母が老眼鏡をずらして、すくい上げるようにわたしの顔を見た。

「時代？」

「そう」

「こんな時代だからこそ、『堅実』なんてあてにならんと思うけどねえ」

祖母が浮かべている薄い笑みの意味するところがわからない。呆れ。憐憫《れんびん》。あるいはもっとべつのなにか。気まずく逸らした視線の先に、おびただしい量のふせんがはられた本がある。『カスタマイズできるウェディング&カラードレス』。

「見ていい？　あれ」

「もちろん」

Aラインのドレスや胸元で切り替えのあるエンパイアラインのドレスなど、たしかにパターンそのものはそう複雑ではないが、「縫いかたの順序」の頁は何度読んでも目が滑る。内容がちっとも頭に入ってこない。

清澄の手による書きこみがいくつもしてあった。知らない単語には蛍光ペンで印がつけられ、余白の部分に意味が書きこまれている。

「勉強もこれぐらい熱心にしたらええのに」

「まあ、そこはキヨやからね」

「……おばあちゃんはこの本に載ってるドレス、どれがいちばんシンプルやと思う？」

開いた頁に視線を落として、祖母は「ぜんぶ」とこともなげに答える。

「ぜんぶシンプルや」

シンプル。同じ言葉を使っていても、それぞれに思い描くものが違っている。そこにこめた意味あいも。

「そんな嫌？　ドレス着るの」

祖母が問う。口調はあくまでもやわらかい。

「これとか、かわいいと思うけどなあ」

祖母が指さすAラインのドレスにはいっさい装飾がない。でもこれを着るのはわたしではない。

「かわいいから嫌なんや」

祖母は清澄のように、なんで、とは、問わない。そうか、と眉を下げるだけだ。

「なあ、見てこれ！」

祖母が突然ブラウスの裾をがばっとめくりあげた。

「え、なに、いきなり」

「ほら、かわいいやろ」

ブラウスの下に着た薄いTシャツの裾に、薔薇の刺繡がしてあった。

「キヨにやってもらってん、これ」

棘《とげ》は鋭く、花弁は赤く、ただの刺繡のくせに、植物の生命力を感じさせる。弟が施した刺繡をまじまじと見るのははじめてかもしれない。わたしの目には「力強い」と感じる薔薇だが、祖母にとってはこれが「かわいい」なのだ。「シンプル」の意味あいが違うように、「かわいい」もまた、違っている。

祖母が持ち上げていたブラウスをおろした。

「Tシャツ一枚で着ることないから、このかわいい薔薇は誰にも見えへんの」

「そしたら、刺繡の意味なくない？」

「あるよ。見えない部分に薔薇を隠し持つのは、最高に贅沢な『かわいい』の楽しみかたやろ」

祖母の指が、ブラウスの上から愛おしげに隠し持った薔薇をなぞる。

「かわいいって、おばあちゃんにとってはどういうこと？」

そうやねえ。祖母は頰に手を当てて、しばらく考えていた。

「自分を元気にするもの。元気にしてくれるもの。……水青がかわいいのは嫌って思うことは、べつに悪くない。誰もが同じ『かわいい』を目指す必要はないからね」

けど、という祖母の話の続きが聞けなかった。ぶーん、と音を立てて、畳の上に置いたスマートフォンが震えている。紺野さんからの電話だった。

「すいか」

電話に出るなり、紺野さんが唐突にくだものの名を口にする。なにかの暗号だろうか。

「いきなりなに」

「すいか、一玉いらん？」

なんか、知らんけど、さっき、会社でもらってん。言葉を区切るたびにフウフウと苦しそうに息を吐く。

「えっ」

「お母さんと食べたら？」

「うちのおかん、すいかは嫌いで……あのさ、じつはもう……家のすぐ近くまで来てて」

じゃ、持っていくから……待ってて。その言葉を最後に、やや唐突に電話が切れる。

「すいか、持ってきてくれるって」

「あら」

祖母が窓の外に目をやる。すこし心配そうに、頰に手を当てた。

「でも、雨降ってるね」

「ちょっと、見てくる」

玄関で一度ビニール傘を手に取ってから、水色の傘を選んだ。紺野さんがくれた傘。

絹の糸のように細くやわらかい雨が降り注ぐ。川の水は、いつもより濁っているようだ。

ほんとうはわかっている。かわいい服が悪いのではない。スカートを切られたのは、デザインのせいではない。

「ひらひらしとるなあ」と言われた時、わたしは怒るべきだった。怒ってよかった。原因はお前にあったのだと、他人にそう言われることを避けるために「かわいい」を避け続けた。わたしは悪くないと主張するためだけに。

かわいい、のせいじゃない。他人の服を切るような人間、それをわたしの服のせいだと言う人間に、怒り続ければよかった。自分の服装や行動を制限するのではなく。

今からでも、遅くないだろうか。

これから先も、わたしが「かわいい」服を選ぶことはないかもしれない。だけど、いろんなことを「かわいい」のせいにするのはやめよう。流してしまおう。この雨と一緒に。それからまた、新しく選び直そう。わたしを「元気にするもの」を。

橋を渡ってすぐ、すいかを抱えて歩いてくる紺野さんを見つけた。ひとりではなかった。なため後ろを、清澄が歩いていた。

学校から帰ってくる途中で偶然会ったのだろうか。清澄は紺野さんに傘をさしかけている。それまで傘なしで歩いてきたのか、紺野さんの前髪は濡れてぺったりと額にはりついていた。すいかを落とさないように、真剣な表情でゆっくりと慎重に歩いている。

かわいい。

その言葉が勝手に唇からこぼれ出た。紺野さんは、かわいい。コピー機の点検をする時や、わたしになにかを伝える時、紺野さんがよくする、あの顔。

一生懸命な紺野さんは、とてもかわいい。

雨はまだ降り続けているのに、自分の頭の上だけ、さっと明るくなったような気がした。ああ、そうか。風を受けるように、日の光を浴びるように、はればれと理解した。ああ、そうか。わたしの「かわいい」は、好きっていうことなんや。

「紺野さん」

大きな声で名を呼ぶと、紺野さんがようやくこっちを見る。まずわたしを見て、そのあと傘に気づいた。視線の動きでそれがわかった。清澄がさしかけた傘の下で、紺野さんの頬がゆっくりと持ち上がる。

第三章　愛の泉

お母さん。お母さん。なぜうちの娘は母親を呼ぶ時、かならず二度言うのだろうか。お母さん。お母さん。耳はちゃんとある。いっぺん呼べばじゅうぶんだ。ハイハイ聞こえてますよちゃんと、ハイハイなんですか、居間に向かって怒鳴る。野菜を切る手はとめない。とめている暇なんてない。白菜長ネギ豆腐と白滝最後に肉、どんどん切って鍋にほうりこむ。調味つゆをどぼどぼ注ぐ。娘の水青《みお》の返事はない。きっとたいした用事じゃなかったんだろう。

うれしいな　湯気の向こうに　みんないる

結婚祝いに友人のひとりから贈られた卓上鍋の箱に、そんな言葉が書いてあった。鍋を囲んでにこにこ笑う家族のイラストつきだ。

その鍋を受けとった時、私のお腹の中の娘は三十二週を迎えたところだった。せり出したお腹をさすりながら「ありがとう」と微笑む私は、他人の目にはどううつっていたのだろう。未来への、すこしの不安とたくさんの希望。覚悟。まだ先のことだと思っていた「結婚」をすることになったのは、妊娠したからというごくシンプルな理由で、だけどそうなったからには、お腹の中の子を立派に育て上げると決めた。

婚姻届を出してまもなく、夫は私の生家であるこの家に移り住んだ。マスオさんってやつやね、でもそれってある意味理想的やで、とわかったようなことを言う友人も私も、二十二歳だった。「結婚」とか「家庭」というものに暖色系のイメージを持っていた。いさかいやトラブルを抱えつつも、朝と晩には卓上鍋の箱のイラストのようににこにことごはんを食べるものだと疑いもしなかった。どうしようもなく二十二歳だった。なにひとつわかっちゃいなかった。

水青が離乳食を卒業する頃には大活躍するのだろうと思っていた卓上鍋は結局一度も食卓に置いたことがない。鍋料理だって普通のおかずみたいに器によそって、おかわりのたびに台所に行かなければならない。

だって、コードにつまずきでもしたらあぶないし、なによりあつあつの鍋で娘がやけどでもしたらたいへんだ。子どもというのはほんとうになんでもかんでも見境なく触る。あぶなっかしくてしょうがない。

水青が成長して、聞きわけがよくなってきたと思った頃に、私はまた妊娠した。こんどは男の子だった。

清澄《きよすみ》が生まれて、はじめて知った。手がかかる子だと思っていた水青はじつはおとなしくて育てやすい子だったのだと。「手のかかる赤ちゃん選手権」というものがもしあれば、水青なんてしょせん北河内《きたかわち》地区予選敗退レベルだ。しかし清澄のほうは、全国は無理でも府大会での優勝をじゅうぶん視野に入れられる赤ちゃんだった。

目を離したほんの一瞬で視界から消えるし、なんでもかんでも口に入れるし、乾燥肌だし、しょっちゅう風邪をひくし、下痢するし、おむつかぶれも起こすし、黄昏《たそがれ》泣きも夜泣きもするし、なにより母親である私が抱くとぐずる（おばあちゃんに抱っこされるとすぐ泣きやむ）というところが、ものすごく憎たらしい。

がしゃん。ぐちゃり。とてつもなく嫌な音が、背後でした。はっとして見ると、水青がぼうぜんと床に立ちつくしていた。くまちゃんの絵のついた茶碗が真っ二つになっていた。冷ますためにはやめによそっておいた清澄のごはん。気をきかせて運ぼうとして、落としたらしい。私が声を発する前に、水青が身体をすくませた。

叱る前からそんな泣きそうな顔をされたら、ため息しかつけなくなる。無言で茶碗を拾い、ささっと床を拭く。そのあいだ水青は身じろぎひとつしなかった。魔法で石に変えられてしまった人のようだ。

物音を聞きつけて、ようやく母がやってきた。

「水青、怪我はない？」

水青がかすかに頷く。魔法が解けた娘は、こんどはティッシュを持ってきて床を拭く手伝いをしようとする。

「もうええ、あんたにやらせるとよけい仕事が増える」

母が水青の肩に手を置き「そしたらおばあちゃんと、お箸並べようか」と微笑んだ。

「箸置きは出さんといてな」

すかさず口を挟んだ私を、母が咎めるように見る。箸置きを出したくないのは、このあいだ清澄が口に入れてゴリゴリ嚙んでいたからだ。誤飲の可能性があるものを遠ざけようと必死な私の気持ちは、なかなか理解してもらえない。

子どもはよけいなことばかりする。だったら先回りしてそれを取り除いておく必要がある。だって失敗をフォローしてやったり、諄々とお説教したりする時間は私にはないんだから。

しゅう、と音を立てて鍋がふきこぼれ、あわてて火を弱める。

自分は料理が好きなほうだ、と結婚する前は思っていた。でも違った。私が好きだったのは「気が向いた時に、本に載っているおしゃれな料理を、そのためだけに材料を買い、時間など気にせずに、じっくり手順通りにつくること」だった。お腹を空かせてギャーギャー泣く子どもをあやしながら冷蔵庫にある材料だけを使って、制限時間三十分で料理をするなんてすこしも楽しくない。

鍋から煮えた野菜をすくって、フォークでつぶす。水青の時はひとりめの子どもだったから、育児書と首っぴきで離乳食をつくっていた。でも今はあんな手のかかることはできない。ぜんぶ大人の料理からのとりわけで、必然的に鍋料理が多くなる。

まあ言うても楽でしょ、となにも知らない他人は言う。自分の実家に住んどるわけやからね、旦那さんもやさしそうでええやん、子どもの面倒もよう見てくれるんちゃう？　などと。冗談じゃない。冗談じゃあないのだ、まったく。

そこまで思ってからようやく異常に気づいた。おかしい。清澄が静か過ぎる。一歳未満の赤ちゃんが静かなのは、たいてい良からぬことをしている時だ。

居間の隅の、壁に向かって、清澄はちょこんとお座りをしていた。膝に抱えたティッシュの箱からなかみがすべて引き抜かれており、周辺に散乱している。あらあ、まるで白い雲の上に乗っているみたいやねえ、かいらしいなあ、と母ならば言うかもしれないが、私の喉の奥からは絶叫が迸り出た。あまつさえ清澄はもぐもぐと口を動かしている。むりやりこじ開けて、唾液まみれのティッシュを指で掻き出した。

「全《ぜん》！　ちょっと！　全！」

子どもが生まれたあと、すぐにおたがいをお父さん／お母さん（あるいはパパ／ママ）と呼び合う夫婦がいる。でも、私たちはそうはならなかった。

私が夫を「全」と呼ぶのは夫が悪い意味で結婚前と変化していないからで、夫が私を名前で呼ぶのはおそらく「お父さん（あるいはパパ）」である自覚が欠けているからだ。父親の自覚がある男なら、子守を頼まれたのに赤ちゃんをほったらかして姿を消すはずがない。

いったいどこに行ったのよ。片腕に清澄を抱き、つっかけを履いて飛び出した。全は、庭にいた。梅の木の傍にしゃがみこんでいる。

「さっちゃん、見てこれ」

梅の葉を日に透かしてみせる。すごいなあ、葉脈って、これはすごいで。天然の、なんやろ神様かなあ、神様がつくったデザインやで、これをワンピースの柄にしたらどうやろか、葉っぱ柄とちゃうで、葉脈や、葉脈。生命力を感じさせる力強い柄になると思わへん？　という言葉がすべて終わらぬうちに全の首根っこを摑んで前後左右に揺さぶった。

「知らん！」

なにが自然がつくったデザインじゃコラ、お前コラ、お前がのんきに葉っぱの生命力を感じとるあいだに息子がティッシュ喉につめて死んだらどう責任取るつもりやねんおおん？　おおん？

私の喚き声に反応して、清澄が泣き出した。この子の泣き声はいつもフンギャー！　というように聞こえる。まんが日本昔ばなし的泣き声。はっとして力がゆるんだ隙をついて、全が逃げ出した。

「なんなん、さっちゃん。こわい顔して」

はあ、死ぬかと思た。おおげさに首筋をさすっている。

さつ子、という私の名前は、死んだ父がつけた。颯爽《さっそう》と生きてほしいから、颯子。でも当時、「颯」は人名漢字ではなかったから、さつ子になった。ひらがなだとしても、そこにこめた願いは変わらない。

私を「さっちゃん」などと呼ぶのは夫だけだ。恋人になりたての頃はこそばゆくて、でもちょっとだけうれしくもあった。だけど今はひたすら腹が立つ。呼びかただけじゃない。やることなすことすべて許せない。

「さっちゃん、ちょっと疲れてるんちゃう?」

誰のせいで。誰のせいで。誰のせいで。

「うるさい!」

清澄の泣き声が大きくなる。耳がきーんと鳴る。

「子守中にワンピースの柄のことなんか考えんといて。だいたい、あんたデザイナーちゃうやん」

アパレルの営業やん。吐き捨てて、家の中に戻った。あんたはデザイナーになりたかったのになれなかった男。夫をいちばん効果的に傷つける言葉を、その頃の私はよく知っていた。まがりなりにも夫婦だったから。

結婚したら、変わってくれると思っていた。それが「子どもが生まれたら」になって「もうすこし成長したら」になって、ふたりめが生まれたら、になって、でもなにも変わらなかった、夫は。

そんなことを思いながら、私は竹下さんのお弁当を見つめている。ごはんの上にしらすと刻みのりを敷き詰めたもの。おかずはたまごやきとプチトマトのみだが、やけにおいしそうだ。相槌を打ちつつ、サンドイッチを食べる。市役所の近くのコンビニのサンドイッチはすぐパンがぱさぱさになる。職場内の空気が乾燥しているせいもあるかもしれないが。

「思ってたんと違う、ってことばっかりで。子ども育ててると」

「わかる」

「松岡さんでも、そう思うことあります？」

「あるよー、いっぱい」

「子育て支援課」の中では、三十代の彼女がいちばん若い。子どもはふたり。小学三年生の女の子と一年生の男の子。子が同じ姉弟の組み合わせであること、なおかつ離婚経験者であるせいか、竹下さんからみょうに慕われている気がする。

子どもが生まれても変わらなかったのは、夫だけでなく私も同じだった。「もともと子ども好きでもなんでもなかった人たちが出産後に自分の子にめろめろになっていくケース」をこれまで何度か目にした。そうして、自分も自然とそうなるのだと思いこんでいた。女性ホルモンや母性が泉のようにこんこんと湧き出てくるのだと。生ける愛の泉となるのだと。我が子ならば無条件に無償の愛を注げるはずだと信じて疑わなかった。

でも違った。子どもがかわいくないわけではけっしてないのだが、「無条件に」「無償の」愛など」とても注げやしない。子どもたちがうるさかったら普通にうるせえなと思うし、憎まれ口を叩かれた時などはどうかすると他人に言われた時の数十倍腹が立つ。

「まあ、うちはもうお姉ちゃんももうすぐ結婚するし、下の子も高校生やしね。竹下さんとこはまだまだたいへんやね」

結婚！　高校生！　竹下さんが天を仰ぐ。

「なんか、遠過ぎて、まったく想像がつかないです」

「って思うやろ、けっこうあっという間やねんで」

働いて、気絶するみたいに眠って、働いて、かきこむみたいにごはんを食べて、また働いて、そんなふうにして今日まで来た。そのあいだにはいろんなことがあった気がする（たとえば全との離婚）のだが、今では完全に遠景になってしまっている。そういうこともありましたねえ、と目を細めるようにして、見ている。

「そうなんですかー。なんかねえ、子どもの世話ってエンドレスでしょ。こういうことが永遠に続くような気がしてきて」

竹下さんが大きめのごはんのかたまりを箸で持ち上げる。しらすがぼろぼろとこぼれ落ちた。最近の彼女の悩みは、もっぱら息子のことに集中している。

「お姉ちゃんはね、しっかりしてるんですよ。やっぱ女の子っていうか」

でもねえ、いっちゃんは、と息子の名を呼ぶ。ごはんを頬張っているせいで「弱っちくてねえ」というぼやきはくぐもっていた。

竹下さんのスマートフォンの画面の中で、色の白い、細っこい男の子がピンク色のぬいぐるみを抱えて微笑んでいた。気の強い女の子からちょっときつい口調で注意されただけですぐに泣いてしまうのだという。

「このぬいぐるみは、なんやの？」

「いっちゃんの好きなキャラクターです。『ひっそりす』っていうの」

「ひっそりしているリスってこと？」

「そうです。今、女子小学生に大人気なんです」

女子小学生に、ね。私が繰り返すと、竹下さんはちいさく肩をすくめる。「ひっそりす」は実際のリスとは似ても似つかない、鶏のたまごみたいなシルエットだ。身体の色もピンクだし。たしかにかわいいのだが、しかし。

「ふでばことかも、ぜんぶこのキャラなんですよ。いっちゃんが『これがいい』って自分で選んだから買ってあげたんですけど。やっぱりクラスでやいやい言われたみたいで『これは女の子用やで』って」

大きく首を縦に振って「わかるよ」と頷いた。清澄も昔、レースのついたポーチを欲しがったことがあった。それは女の子が使うものだと言ったら、ふしぎそうな顔をしていた。

私なら「これがいい」と持ってこられたとしても、買ってあげない。学校でからかわれるのはわかりきっているから。だけど竹下さんには「わかるよ」としか言わない。だってきっと、そう言ってほしいんだと思うから。

「このままいくとね、なんか、学校でいじめられそうで」

「わかるよ」

いやあ、うちの息子もねえ。ため息をつくと、竹下さんが真剣な顔で身を乗り出す。

「うちはねえ、むかしミカちゃん人形に興味津々で」

「ええっ！　ミカちゃんってあの？　着せ替えの？」

竹下さんが両手で口を押さえる。

人形そのものより、着せ替えの洋服のほうに興味があったらしい。七歳ぐらいの時だろうか。水青の古いおもちゃの箱を引っ張り出して遊んでいると思ったら、ミカちゃんのスカートをめくっていた。その姿を見た瞬間、考えるより先に手が動いて、清澄の頭をはたいてしまっていた。性的な好奇心でめくっているのかと思ってしまったのだ。

今になって考えると、むしろそのほうがよかったのかもしれない。息子の口から「このスカートがどんなふうに縫い合わせてあるか知りたかっただけや」なんて言葉は聞きたくなかった。いわゆる「男らしさ」になんてこだわっているつもりはない。そういう前時代的な考えはほろんだほうがいいとすら思っているぐらいだ。ただ、清澄に悪目立ちしてほしくないだけ。浮いてはしくない。学校でも、職場でも、とにかく集団の中で浮いたところで、良いことなんかひとつもないのだから。

竹下さんの「学校でいじめられないように、いっちゃんには空手か柔道を習って強くなってほしい」という願いが、痛いほどわかる。私も同じことを清澄にすすめた。受け入れてはもらえなかったけど。

「悪目立ちしそうやし、心配やもんね」

「そう！　心配なんです」

うちの息子なんか趣味「手芸」なんやで。そう言ったら、竹下さんはどう思うのだろう。

「いっちゃん」の将来への不安が増してしまうだろうか。

水青は、秋に結婚式を挙げる。その時着るウェディングドレスを清澄がつくると言い出した時、私は驚かなかった。来るべき時が来た、という気持ちだった。

いっそあきらめられたら、楽になれるのかも。「あんたの好きにしなさい」とほったらかしにできれば。私の母みたいに。

あんたには失敗する権利がある。母は私に、いつもそんなふうに言っていた。

ピアノ、やめたい。

頭の中に響くのは、十一歳の頃の自分のおずおずとした声だ。小学校に入ると同時にピアノ教室と珠算塾に通いはじめたが、珠算のほうはすでに前年にやめていた。

譜面通りに指を動かしたら曲になる。五年通っても、私のピアノはその程度のものだった。

誰の心も打たないし、「この子には才能がある」なんて言い出す人も、ひとりとして現れなかった。十一歳にして私は、自分の限界が見えていた。

ピアノ、やめたい。それを聞いた母は、一瞬針仕事をする手をとめた。

「あ、そう……そしたら、先生に電話しとくわね」

珠算塾の時と同じ。じつにあっさりとした返事だった。

「ええの?」

「うん。あんたの好きにしなさい」

同じピアノ教室に通っているおさななじみのアキちゃんは一度「やめたい」と言っただけでお母さんにビンタされたのだそうだ。続けたほうがぜったいあんたのためになる、と涙ぐんですらいたという。

翌年の発表会で、アキちゃんは合唱の伴奏者に選ばれた。グランドピアノの前に座るアキちゃんの晴れがましい表情。

もしピアノをやめたいと言った時、母が引きとめてくれていたら、あそこに座っているのは自分だったかもしれない。そう思ったら、胸がちくちくした。

お母さんは、私に興味がないんかもしれん。次第に、そう思うようになった。他の家の子より叱られる回数が少ないのも、勉強しろと言われないのも、たんに無関心だからじゃないのか。

だからこそ、私自身は自分の子どもたちには無関心ではいたくない。だって子どもより大人のほうが、ずっといろんなことをわかっているんだから。教えてやるのが大人の役目なのだ。でも、その気持ちはちっとも私の子どもたちには伝わらない。清澄だけではない。水青だって、私があんなに大学に行くことをすすめたのに聞く耳を持たなかった。

昼休みがあと十分で終わる。サンドイッチはもうぱさぱさに乾ききっていて、むりやり押しこむと口の中にカドが刺さって痛かった。


はじめて会った時、私も全も十九歳だった。全は髪をへんな色に染めて、自分でつくったという、ズボンなのにシャツみたいに見える不可思議な服を着ていた。友人の友人が服飾の専門学校に通っていて、何度か一緒に遊んだりしているうちに、親しくなった。

俺デザイナーになりたいねん、と言って、ふわふわした笑顔を私に向けた。

「女の子は着る服によってガラッと印象が変わるやろ。街中にかわいい女の子が増えたらうれしいからさ」

その笑顔同様にふわふわした夢を語っていた全。

でもその頃はそれをかわいいと思っていたんでしょう。頭の中で、もうひとりの自分が私に問う。ふわふわしたところも、落ちている葉っぱに見入ってしまうようなところも、好きだったんでしょう？　ねえ。

違う。同じく頭の中で、答える。ふわふわしているところが好きだったわけじゃない。年を取れば、社会に出れば、結婚すれば、すぐにではないかもしれないけどいつか、きっと全も落ちつくだろうと思っていた。いつか、いつか、と。いつか、は永久にやってこないと知ってようやく、離婚する決意をした。

私は全に家族をつくってあげたかったのよ。頭の中の自分に話しかける。

「自分の親もきょうだいも、できれば顔を見たくないぐらい嫌い」

ある時、全がそう言い出した。私は心臓をぎゅっと摑まれたようになって、その時はじめて、全が好きだと思ったのだ。

全とその家族には、仲良くないとかそりが合わないという以上の軋轢《あつれき》があるようだった。

結婚の報告をするために全の実家に行った時、全のお父さんは一度も私の顔を見なかった。お母さんは「あんた妊娠してるの？　ほんまに？」と言って、私の顔とお腹を見比べてニヤニヤ笑っていた。三十分も滞在しなかったはずだ。家の壁や襖《ふすま》はなぜか、ところどころひしゃげたり、剝がれたりしていた。車庫にはぴかぴかの高級車が停まっていて、家の荒れ具合との落差に、頭がくらくらした。

お金がないわけではなかった。もっと大切なものが、あの家には欠けていた。

びっくりしたやろ、と帰り途《みち》、全が言った。苦いものを吐き出すような口調だった。

「でも俺、頭下げたんやで、あいつらに。どうしても専門学校に行きたかったから」

全のデザイナーになりたいという願望は、家族への復讐ではないのか、という気がした。なにか華々しい成功をおさめて、家族の鼻を明かしてやりたい、というような。

もうだいじょうぶ、と言う私の声は、ほとんど叫びに近かった。路上で、全を抱きしめた。あついなあ、と通りすがりの小学生に冷やかされたけど平気だった。

だいじょうぶ。震えている全の耳元で、何度も繰り返した。だいじょうぶよ、全。これからは私や、私の両親や、生まれてくる子どもがそばにいる。特別な自分になりたいなんて必死にならなくても、幸せに暮らしていけるはず。


玄関の戸を開けるなり、水青の叫ぶ声が聞こえた。

「リボンはいらん！」

なだめるような、母の声が続く。母の部屋から、それは聞こえてくる。

そっと襖を開けると、白いドレスをまとった水青が両手をグーにして立っている。ひざまずく母と清澄は従者のようだ。胸の下に切り替えのあるドレスは「ノースリーブのワンピース」と呼んでも差し支えないぐらいに飾りっ気がない。

「わかった、リボンはいらんねんな。わかったから」

辛抱強く、いや「辛抱強くあろう」と心がけようと努力していることがまるわかりの口調だった。

清澄が水青の背後にまわり、まち針で留めたリボンを外しはじめる。

「フリルもレースもつけんといて」

「わかった」

「ぜったいよ」

「わかったって。しつこいな」

たしか先月も同じようなやりとりをしていた。それなのに清澄は、なぜあんな大きなリボンをくっつけてしまったのだろうか。そのリボンへの意味不明なこだわりはなんなのだ。

腕組みすると、さっき立ち寄った洋菓子店の紙袋がガサッという音を立てる。子どもたちがちいさかった時は、毎年この店で誕生日のケーキを買っていた。夫婦ふたりでやっている店だ。今日仕事中に近くを通って、ついなつかしくなって買ってしまった。

「あ、お母さん。おかえり」

水青がいちばん最初に、私に気づいた。清澄は「おかえり」と言いはするが、まったくこっちを見ない。ドレスをつくることについて「やめとき」と忠告したことを、きっとまだ根に持っているに違いない。親の気も知らないで。

姿見に向かう水青がしきりにドレスを引っぱっている。

「これ、やっぱり袖つけられへん?」

水青は、夏でも長袖を着ている。肌の露出を極端に避けるのだ。ある時期からそうなった。

「前にも言うたやろ。このドレスには袖ないほうがええんやって」

首がつまってるから、と言いながら清澄が、自分の左肩から右肩を指先でなぞってみせる。指が鎖骨のぎりぎり下のあたりでゆるくカーブを描く。

「あんまり腕出したくないねんけど」

「えー、このデザインでいっぺん納得したやん」

鏡越しに見つめ合う、私の娘と息子。睨《にら》みあう、のほうが正確かもしれない。水青のほうが先に目を逸らした。

「そうやけど……」

清澄が、水青のむき出しの腕に布をかぶせた。

「袖つけたら、こんな感じやで。なんか窮屈そうに見えへん？」

「でも着てみたら、やっぱり長袖がいいと思った。それにウエストもこんなに絞らんといてほしい」

スカートの部分をぎゅっと握って、水青がうつむく。

すこし息苦しいような沈黙が続いた。

「とりあえず、ごはんにしよか」

気まずい時に空気を変えるのは、いつだって私の母だ。清澄も水青も、ほっとしたように頷く。

思えば清澄は、お腹の中にいた時から思い通りにはならぬ子だった。夜中私がぐっすり寝ている時間を狙ったかのように動き回るし、そのくせ産科のエコー検査の時には常に手かへその緒で顔を隠して、なかなか見せてくれなかった。

夕飯の後、水青はさっさと自分の部屋に入ってしまった。私が買ってきたプリンを食べながら、清澄と母はスケッチブックを挟んで、頭を突き合わせている。食器を洗っている私はふたりに背を向けている。桶の中で、四人分の茶碗がぶつかりあって、かちゃかちゃと音を立てた。

「どうしたらええかなあ」

「そうやねえ」

姉ちゃんの要望通りにしたらほんとにもっさりしたドレスになるし、ぜったい僕が考えたドレスのほうが似合うし、信用ないんかな、と清澄が、唇を尖らせている。

「あんたの腕とかセンス自体が問題なんちゃうの」

口を挟んだが、無視された。

じつを言うと、今日帰って最初に水青を見た時、はっとした。

ほんとうにきれいだった。縫いものが趣味の高校生が見よう見まねで縫ったものとはいえ、花嫁衣裳だ。母親として、胸にこみあげてくるものがあった。でもそれはぜったいに清澄には知られたくない。

「お父さんに相談してみようかなあ」

背後で、母がはっと息を呑むのがわかった。こちらの様子を窺っている気配が伝わってくる。清澄が時々、全と会っていることは知っている。会うなとは言っていないし、全には父親として清澄や水青に会う権利があることも知っている。それでもやっぱりいい気分ではない。ゆっくりと振り返ると、清澄はまっすぐに私を見ていた。

「近いうち、お父さんに会いに行くからな」

私は、答えなかった。背を向けて、ふたたびスポンジでごしごしと皿を擦る。

清澄が刺繍をしたり、女性の衣服に興味を持ったりすること。私はそれが、とても嫌だ。でも、それはこのあいだ竹下さんに言ったように学校などで「悪目立ちする」からという理由だけじゃない。清澄が全のようになるのをとめたい、というのもある。

離婚した夫に似るのがむかつく、というような話ではない。たとえば離婚後の全が才能あふれるデザイナーとして大活躍しているような状況であれば、私も「やめとき」なんて言わない。蛙の子は蛙、と言うではないか。「うまく行かなかったケース」を見ているのに、我が子に同じ轍《てつ》を踏ませたいと願う母親がどこにいる。湧き出る泉のように愛情深くなくても、自分の子どものことは大切だ。幸せになってほしい。だから、ほうっておけない。

仕事を終えてまっすぐ家に帰ろうとしたが、気が変わった。職場のみんなが、駅裏に新しくできた鶏肉専門店の唐揚げがおいしいという話をしていたから、買って帰ることにする。

子どもたちがちいさい頃は、料理も洗濯も掃除も、なにもかもぜんぶ私と母とでやっていた。私と母と、と言っても、その労働量は七対三。あきらかに私のほうが多く家事をこなしていた。水青が小学校の高学年になった頃から家事を分担制にした。今はおもに、料理は母が担当し、清澄がそれを手伝っている。まかせっきりなのも申し訳ないので、よくこうしておかずやデザートを買って帰るのだ。

鶏肉専門店の目印は「ハチマキを巻いたニワトリが力強く片腕（片羽？）を掲げている看板」であるらしい。居抜きでオープンしたらしいが前にここにどんな店があったのか、もう覚えていない。変化の少ない街だと思っていても、いつのまにかすこしずつ、どこかが変わっている。

生まれてから四十数年、ずっとこの街にいる。就職や結婚や出産、人生が大きく変わるイベントも、すべて同じ街の同じ家で迎えた。高架とクロスして走る川も、川沿いに咲く百日紅《さるすべり》の鮮やかさも、マッチ箱を並べたみたいなちまちました家の並びも、私の心を揺らすことはない。だからいい。始終ごみだらけの歩道も、路上で突然缶ビール片手に将棋をはじめるおじさんたちも。人が暮らしている場所、という感じがする。

鶏肉専門店の前に、何人か並んでいた。最後尾に、反り返るような姿勢で立っているグレーのスーツの男の背中を見つけた。反射的に引き返しかけたが、私の気配を察したかのようにその男が振り返る。

「あ」

どうも。ご無沙汰しております。丁寧な言葉づかいとは裏腹に、黒田は傲然《ごうぜん》と顎を上げている。しかたなく、私も頭を下げた。

「全は元気でやってますよ」

「興味ないから」

つんとそっぽを向いてやった。黒田の鼻から「スン」と「フン」の中間のような息が漏れる。

ご無沙汰、と言ってもこの男は毎月家に来ている。私が仕事に行っている時間を狙ったように来るから顔を合わせないだけだ。

離婚する時、私は全に養育費が欲しいなどとはひとことも言わなかった。それでも全は、離婚後毎月お金を届けに来た。振込ではなく現金で持参するのは子どもたちに会いたかったからだろう。金額は一定ではなかった。数万円の時もあれば、どこからかきあつめてきたのか、しわくちゃの千円札が数枚きりの時もあった。

全のかわりにこの黒田が来るようになってからは、金額にぶれがない。黒田は全の雇い主で、毎月養育費ぶんの金額を抜いてから、全に給料を支払っている。

全に一か月ぶんの給料をいっぺんに渡すとぜんぶ使ってしまうので、おこづかいのようにすこしずつ渡すというのだからふるっている。まるで保護者だ。

結婚している時もそうだった。全はお金の使いかたがよくわかっていなくて、一か月ぶんのおこづかいとして渡した二万円を一日で使って帰ってきた。私も倹約上手とは言えないほうだけれども、全のそれは度を越していた。なんに使ったのかと訊いたら、花束とネックレスを差し出してきた。さっちゃん喜ぶかと思て、と言われてますます腹が立った。

思い出すと強烈にいらいらしてくる。とっくに遠景になったつもりだったが、あれが嫌だった、これが嫌だったという気持ちだけは、今なお鮮明だ。

お金は潤沢にあるのに壁や床はぼろぼろの、あのひどく歪《いびつ》な家庭で育った全に、私はほんとうの家族を、幸せを、ぜんぶあげたかった。お金の使いかたもちゃんと教えてあげたかった。それなのに、ひとつも果たせずに終わった。

「まだお宅に住んでるのかしら」

「全は」という主語を省いた質問に、黒田は頷く。

「あれがひとりで暮らせる男やと思いますか？」

黒田の前に並んでいたおばあさんの順番が来て、あれやこれやと注文をしはじめる。さまざまな部位の肉を並べたガラスケースの脇に、鶏肉を使った惣菜が並んでいた。唐揚げは塩味と醬油味、鶏レバーの煮つけや照り焼きのつくねなんかもおいしそう。でも、やっぱり今日は唐揚げだ。清澄の好物だから。

黒田は、骨付きのもも肉を二本、と頼んだ。ベテラン主婦といった雰囲気の店員さんが親しげに「オーブンで焼くの？　切りこみ入れとく？　火の通りがええように」と訊ねている。すでに常連なのかもしれない。

「いえ、だいじょうぶです」

聞き慣れぬカタカナの料理名を口にしながら、なぜか黒田は私をちらりと見る。

「圧力鍋を使うとはやいんですよね」

知らんがな、としか言いようがない。なにが「ですよね」だ。周知の事実のように言うな。買いものが終わったのならさっさと帰ればよいものを、黒田は相変わらず反り返ったような体勢のまま、出来合いの唐揚げを買う私を見ていた。

圧力鍋を使ってしゃらくさい料理をつくる男の目には、私の姿はどこからどう見ても手抜き主婦そのものに違いない。

恥ずかしい、という気はおこらない。お母さんなんやから、子どもにちゃんとごはんつくってやってよ。そんな言葉なら、今までに何度も他人から浴びせられてきた。自分の母親でもない女が家事において「手を抜く」ということがどうしても許せない人というのは一定数存在する。愛情を、手間の量で測らないでほしい。

見ず知らずの他人に手抜きを糾弾されることについては、私もかなりのキャリアを積んでいるのだ。お前なんかのそんなつめたい視線に怯むと思ったら大間違いやぞと睨みつけたら、黒田はあさっての方向を見つめてぼんやりしていた。見てへんかったんかい。

「じゃあ」

全によろしく、などとは口が裂けても言わない。言ってやらない。ちょうど角を曲がったところで、向こうから竹下さんの自転車がやってきた。荷台に取り付けられたシートに「いっちゃん」らしき子が乗っている。手を振ったが、必死の形相で自転車を漕ぐ竹下さんは私に気づかない。そうこうしているうちに道を左折してしまった。

「いっちゃん」の手に、まるっこいぬいぐるみが握られている。例のなんとかリスだろう。後ろ姿の「いっちゃん」は手足も首筋も細くて、昔の清澄を思い出した。

あんなふうに、自転車の後ろに乗せて走った。保育園からの帰り道を、毎日。お母さん、今日僕な、給食の時にな、なんとかくんとな。舌足らずな口調でいつまでも続くお喋りを、ちゃんと聞いてあげられたためしがない。

帰ったら洗濯物畳んで、ごはん食べさせて、あっもうお風呂の洗剤ないわ、トイレットペーパーも買い忘れた、うわ最悪、あとは金魚に餌やって、お風呂掃除して、ああ掃除機もかけたいな、清澄の爪いつ切ったっけなどと常にめまぐるしく考えごとをしているのと、風の音でよく聞こえないのとで、いつもいいかげんな返事をしてしまっていた。

もっとしっかり聞いてあげればよかった。余裕がなかったとはいえ、もうすこしどうにかできたんじゃないだろうか。

あれがあんたの精いっぱいだったのよ。めずらしく、頭の中のもうひとりの私がフォローするようなことを言う。「もうひとりの私」は、昔からずっといた。自分をとりまく状況を冷静に見つめようとする時に「満を持して」という感じで、ずずいと現れる。

竹下さんといっちゃんの後ろ姿が見えなくなるまで、そこに立っていた。なんだかひどく頭がぼんやりしていて、だから清澄が目の前に立っていることに気づいた時、ものすごくびっくりした。

「だいじょうぶ？」

清澄の隣に女の子がいる。そのことにも驚いた。背がちいさくて、清澄と並ぶと子どものように見える。

「だいじょうぶって、なにが？」

びっくりはしたけど、存外落ちついた声が出せた。

「いや、ぼーっと突っ立ってたから」

清澄は女の子に向かって「うちの母親の人」というわけのわからない紹介をした。

「こんにちは。高杉です」

「また唐揚げ買うたん……好きやなあ」

唐揚げが好きなのは私ではなく、清澄ではないのか。女の子の前だからかっこうをつけているのだろうか。

「では、失礼します」

びしっ。そんな効果音をつけたくなるような動作でお辞儀をしたのち、高杉さんは歩いていく。

「愛想のない子やね」

ようやくそれだけを口にした。

「そう？　礼儀正しいと思うけど」

「あの子、彼女？　びっくりした。ねえ、あんた友だちはおらんくせにちゃっかり彼女だけはつくってんの？　ねえねえ」

「なんやねん、かまびすしい」

そんな覚えたてほやほやみたいな言葉ではぐらかそうとしても無駄だ。

「教えなさいよ。いつから？　いつからよ」

「くるみは彼女ちゃうし、友だちは他にもおるから、心配すんな」

清澄くんはいつもひとりで過ごしていますね、と小学校でも、中学でも、担任教師に言われ続けた。友だちは他にもおる、なんて、にわかには信じがたい。

「ほんまに？　なんていう子？　なにくん？」

「あーうるさい。どうでもいいって、そんなこと」

「よくない。あとあんた『くるみ』て呼んでるけど、彼女やなかったらなんやの、あの子」

「え、……友だち？」

自信なげに、語尾が上がる。

「いずれ交際に発展するかもしれないお友だち、ということやね。いやべつに、悪いとは言うてへんで」

「違うって。しつこいな」

清澄が顔をしかめる。

「その相手が女の子っていうだけですぐ恋愛に結びつけようとするその考えかた、めちゃくちゃ気色悪いで」

気色悪い。

気色悪いって。

ぼうぜんとしている私をほったらかしにして、清澄はどんどん歩いていく。もうすでに家が見えている。

「ちょっと待ちなさい！　気色悪いってなんやの！」

「気色悪いから気色悪い言うてんねん。なんでくるみが俺の友だちやったらあかんねん」

「あんたが『友だち？』なんて半疑問形で言うからやろ」

「くるみも俺のことを友だちと思ってくれてるかどうかわからへんからや」

「ほら！　あの子はあんたの彼女になりたいと思ってるかもしれへんやん」

ぐっと言葉につまった清澄を追い抜き、玄関の戸に手をかける。

「……ぜんぜんわかってない」

ちいさな声だった。戸を開ける音に紛れそうなほど。

「照れる必要ないって。異性に興味持つのは高校生なら健全な、ごく普通のことや」

大きく響いた音が、最初なんなのかよくわからなかった。床に叩きつけられたリュックと、清澄の震える拳が目に入る。

「なんやそれ。自分の『普通の高校生』のイメージに当てはまる人間だけが健全なんか。さっきからくるみは違うって言うてるやん。なんでちゃんと聞かへんの。百歩譲ってくるみの気持ちがそうやとしてもなんであんたがそれを言うの？　なんでさっきからずっと俺の話を無視して話すすめんの？　おかしくない？」

声を聞きつけた母が、玄関に走り出てくる。

「親に向かってあんたって呼ぶのやめなさいよ！」

揚げ足取りだ、とわかっていても、言わずにいられない。ひとつひとつはちいさな棘でも、ぐるりを囲まれれば耐えがたいほど痛む。息子から発せられた「気色悪い」も「あんた」も、違う状況なら聞き流せたかもしれないけど。

清澄は手も洗わずに部屋に入ってしまった。床に放置されたリュックはぺしゃんとひしゃげている。

「さつ子」

靴も脱げずにいる私の手元を見た母が、かすかに眉を下げる。

「貸して」

唐揚げの袋を取って、台所に向かっていった。のろのろと上がり框《がまち》に腰かける。腕に力が入らない。

背中に、なにか温かいものが触れた。母の手だと気づくと同時に、声が降ってくる。

「ねえ、ちょっと一緒に行ってほしいとこがあんねんけど」


イタリアン居酒屋、と看板を出している店の内装は、やはりというかなんというか、白と緑と赤で構成されていた。私の椅子は緑色で、母が座る奥のソファーは赤い。ちょっと絵のうまい小学生が描いたような、稚拙なぶんみょうな迫力のある壁画の中では、ワインを片手に着飾った大勢のイタリア人（たぶん）が大口を開けて笑っている。

「いっぺん、入ってみたかったの」

メニューを広げる母はうれしそうだ。

「……ワインは、ようわからへんね。お店の人に訊きましょ」

あ、と思う間もなく、母は店員を呼びつけた。メニューを指さして、あれこれ質問している。私はそこに加わる気力もなくて、料理の注文も母に任せてしまう。

「かわいい孫のそばについていていてあげたら？」

清澄はたぶん、母親である私よりおばあちゃんのことが好きだ。運ばれてきたカプレーゼをうれしそうに眺めていた母が目を丸くする。

「そばについて、なんて言うの？　お母さんとけんかして辛かったねって？　ちっちゃい子やあるまいし」

ただ今日ここに来たくてたまたまあんた誘っただけよ？　親子げんかの仲裁なんてまっぴらやフフン、と鼻で笑ってワイングラスを持ち上げる。私もひとくち飲んだ。店員が「飲みやすいですよ」と言ったとおり、黄金色のお酒はするすると喉をすべりおちていく。

「たまにはええやないの、こういうのも。キヨを誘っても、あの子はまだ飲まれへんから。水青は帰り遅いし」

「ちょっとお母さん、ペースはやない？」

グラスが空になっている。母は「いつもこんなもんよ」などと、けろりとした顔で片手を上げた。やってきた店員に「おいしかったわあ、もう一杯同じのもらおうかしら」などと話す様子は、もうすでに常連客のようだ。

考えてみると、母がどれぐらい飲めるのか知らない。おたがい、家で飲酒する習慣がないのだ。子どもたちがちいさかった頃はファミリーレストランみたいなところであわただしく食べるのが「外食」の実態だった。

清澄が十歳頃から家族での外出を嫌がるようになって、外食の機会そのものがなくなっていった。母と私のふたりだけで、となると、最後に外食したのはいつだっただろうか。それこそ私が未成年の頃かもしれない。

しばらくとりとめのない会話（「生ハムとプロシュートはどう違うの」「知らん、おいしかったらどっちでもええやん」等）をしながら、運ばれてきた料理を食べた。ワインもずいぶん飲んだ。

親子げんかの仲裁なんてまっぴらやフフン、と母が言うのだから、今夜は清澄の話はしないでおこう、と思ったのに気づけばべらべらと思いの丈を喋ってしまっていた。

「あの子、どんどんあつかいづらくなっていくわ。そう思わへん？」

母が胸に手を当てて、のけぞるような仕草をする。

「そうやろか。ちょっとめずらしいぐらい素直な良い子やと思うけどね」

それはきっと、母が相手だからだ。母は誰にたいしても、強い口調でものを言わない。だからみんな母の前ではおのずと素直になる。わかっているけど、私にはとても真似できない。

「ものわかりのええ人やからね、お母さんは。りっぱよ」

「そう？」

「でもそれって、ちょっとさびしくもあるよ。お母さんはさ、昔からすぐ『好きにしなさい』って言うやろ。もうすこし心配してくれてもよかったんちゃう？　子どもに関心ないの？」

どうして、ピアノをやめたいと言った時、引きとめてくれなかったんだろう。

「だってさつ子には、さつ子の人生を選ぶ権利があるもの」

「それ、昔からよう言うよな」

子どもの頃も、短大を受験する時も、全と結婚する時も、いつも母はそう言った。

「ありがたいなって思う時もあったけど、私は自分の子どもにはそういうふうに接したくない」

母を否定するようで、胸が痛んだ。だけど、それはほんとうのことだ。空手を習わせたい、と言っていた竹下さんのほうが、実の母よりよほど私に近しい。

「お母さんはいつも『あんたには失敗する権利がある』って言うけど、私は失敗してほしくないもん。自分の子どもに」

「しっぱい」

しっぱい。しっぱい、しっぱい、ねえ……。母はほんのりと赤くなった耳たぶを引っぱって、口の中で呟いている。頭の中で「しっぱい」を漢字に変換できずに困っているように見えた。

「しっぱい」は「失敗」しかないだろうに。

「さつ子の思い通りに育たへんかったら、失敗ってこと？」

「違うって、そんな子どもを自分の思い通りにしたいとか、そんなことは考えてへん。いくらなんでも」

なにも、東大に入れ、とか、オリンピックに出ろ、とか言っているわけではない。ほどよい進学と就職と結婚をしてほしい、ひとりで生きていかずに済むように、家族をつくってほしい、と思っているだけだ。

「ほどよい、ってなんなん。その基準はさつ子が決めるんやろ」

「それは……」

だいじょうぶよ、キヨは。母がすこぶる無責任に言い放つ。いったいなにを根拠に、そんな。

「ちゃんと好きなものがある。それがあの子の芯になる。どうにでも生きていける」

好きなもの。それが問題なのだ。

「好きなものがあるだけでは食べていかれへんから言うてるのよ」

「食べていかれへん、ってなんでわかるの、さつ子に」

「そら、きびしい世界やもん。あの子に突出したセンスとか才能とかあるわけないし」

「せやから、なんでさつ子にわかるの？　突出したセンスとか才能、あんたがちゃんと見抜けるの？　なんで？」

「母親やからや、あの子の」

声がすこし大き過ぎた。にぎやかだった店内が一瞬静まり返る。母はおだやかな表情で私を見つめている。

だって清澄は、私と全の子どもだ。なんの取り柄もない私たちの。全がなし得なかったことを、どうして清澄なら可能だなんて言えるのだろう。

「いやいや、キヨはデザイナーになりたいとか、そんなんひとことも言うてないからね。

さり子、ちょっと先回りし過ぎてるよ」

「この先言い出すかもしれへんし、言い出してからじゃ遅い。ぜったいなられへんと思うし。お母さん『情熱大陸』とか見たことあるやろ？　ああいうのに出てくる人ってなんかやっぱり違うで。なんかこう、全とかキヨとはぜんぜんオーラが違う」

呂律《ろれつ》もまわらないし、だんだん考えもまとまらなくなってきた。ただ清澄は特別な子なんかじゃないという思いと、とにかく傷ついてほしくないという思いがぐるぐるぐるぐる、ねじりあめみたいになってどこまでも伸びていく。

「キヨに『情熱大陸』に出てほしいの」

「もー、ちーがーうー」

からかわれているのだろうか。ワイングラスはいつのまにか空っぽだった。しかたなく水をごくごく飲む。熱くなっていた喉に、つめたくしみた。

「たしかに、食べていかれへんかもしれん。キヨは将来、好きな仕事に就くことにこだわって、貧乏暮らしをするかもしれん」

母の言葉を聞いただけで、みじめな大人になった清澄の姿が想像できてしまう。家を持たず、インターネットカフェの個室でカップ麺をすする清澄。『食べられる野草』みたいな題名の本を図書館で借りる清澄。公園の水道で、持参したペットボトルに水を汲む清澄。想像しただけで泣けてくる。

「わたしはそれを人生の失敗やとは思わへんけど、それを失敗って言うんなら、あの子には失敗する権利があるんちゃうの？」

「またそれ言うの」

失敗する権利。耳にするたび一抹のさびしさのようなものをおぼえる。世間一般の基準に照らし合わせればこの人はきっと素敵な母親なのだろうけど。

「明日、降水確率が五十パーセントとするで。あんたはキヨが心配やから、傘を持っていきなさいって言う。そこから先は、あの子の問題。無視して雨に濡れて、風邪ひいてもそれは、あの子の人生。今後風邪をひかないためにどうしたらいいか考えるかもしれんし、もしかしたら雨に濡れるのも、けっこう気持ちええかもよ。あんたの言うとおり傘持っていっても晴れる可能性もあるし。あの子には失敗する権利がある。雨に濡れる自由がある。……ところで」

ところで。下を向いていたから、その言葉を母がどんな顔で言ったのかは知らない。

「あんた自身の人生は、失敗やったのかしら？」

唐揚げのパックはきれいに空になっていた。ご丁寧に洗って捨てるつもりらしく、水きりカゴに伏せられている。茶碗はふたつあったから、水青も帰ってきて食事を済ませたのだろう。もうふたりとも自分の部屋に入っているらしく、居間の電気は消えている。

帰るなり、母はさっさと浴室に消えた。湯を使う音が台所まで聞こえてくる。

さっとふきんで拭いて、茶碗を棚にしまった。くまちゃんの食器なんか、あの子たちはもう使わない。よっつ重なった茶碗は今ではもう、清澄のものがいちばん大きい。

何回も何回も、みんなでごはんを食べた。この茶碗で、この食卓で。この家で。

もし過去に戻れたとしても、私はまた全と結婚するんだろう。だってそうじゃないと、水青や清澄に会えなくなってしまう。

私の人生、失敗でもなかったんかなあ。さっきの母の質問に、ようやく心の中で答えることができた。

他人から見たら失敗だとしても、いいような気もする。

だって、うれしいことや楽しいことも、いっぱいあった。

背後で物音がして、振り返ると清澄が立っていた。

「……おばあちゃんかと思った」

ぼやくように言って、私の脇を通り過ぎる。

「おばあちゃんはお風呂」

子どもたちがいる時、私は自然と母を「おばあちゃん」と呼んでいる。今夜はものすごくひさしぶりに「お母さん」と呼んだ。

清澄はインスタントコーヒーの瓶からマグカップに直接粉を振り入れている。無造作に瓶を振る手つき。全もああやっていた。どうしてそんなへんなところが似るのだろう。一緒に暮らしていたのは、赤ちゃんの時だけだというのに。

「やめとき。こんな遅い時間にコーヒー飲んだら寝られへんようになるで」

言ってから、口に手を当てる。まただ。どうしても、先回りしてしまう。

「寝られへんように飲むんや、もうすぐテストやから」

清澄は不機嫌そうにポットからお湯を注ぐ。

ドレスだの刺繍だのと、そんなことばかり考えているのかと思っていたが、いちおう勉強もしているらしい。

失敗する権利。雨に濡れる自由。

マグカップを片手に、台所を出ていこうとする清澄の名を呼んだ。いつのまにかこんなに背が伸びて、私を見下ろすようになった息子。私にちっとも似ていない息子。こんな時でも、まっすぐにこっちを見つめてくる息子。

「……なんでもない。おやすみ」

清澄の上体が、ごくわずかに傾ぐ。動揺しているかのように。あるいは拍子抜けしたかのように。

へその緒でつながっている頃でさえ、私たちはひとつではなかった。ひとつの身体を共有していてもあなたと僕はべつの人でしょ、と言わんばかりに、自由気ままにふるまっていたではないか。

「おやすみ」

失敗する権利。雨に濡れる自由。明日のお昼休みに、竹下さんに、母が言ったことを、そのまま話してみよう。私が清澄ではないように、竹下さんは私ではない。だから、どう感じるかはわからない。だけど彼女に伝えよう。「わかるよ」以外の言葉も。

二階からかすかな物音がする。浴室からも引き続き、湯を使う音が聞こえてくる。今は誰もいないダイニングテーブルに両手をついて、目を閉じた。まだすこし酔いが残っていて、世界がくるくるまわっているみたいだった。

あと数時間で朝になる。生まれてからの四十数年、繰り返しここで朝を迎えてきた。昨日は今日に続いていて、今日は明日に続いている。だけど明日の朝は今までとほんのすこしだけ違う朝になったらいいと、そうできたらいいと、そんなふうに思いながらゆっくり目を開けた。

第四章 プールサイドの犬

涙が出そうな時は、目をぎゅっとつむることにしていた。子どもの頃の話だ。七十年近く昔。ぎゅっと目をつむると、涙はこぼれる前にとまるから。

外で目を閉じると、世界は真っ暗ではなく、真っ赤になる。太陽に向かって手をかざしても、赤く見える。自分の身体のすみずみまで血が通っていることをその時知った。

住まいは借家だった。同じようなつくりの家がむっつ、ひとかたまりに建っていた。住んでいるのは炭鉱で働く人とその家族。敷地内には、小川が流れていた。子どもが飛び越えられるぐらいの幅で、浅い。

六軒の家に、わたしと同じ年頃の女の子はひとりもいなかった。十歳以上も離れているお姉さんか、男の子ばかり。妹はまだ生まれたばかりで、母親の背中を独占していた。

子どもは今より、ずっと多い時代だった。敷地の外に出れば、あのあたりにも同じ年頃の女の子がいたのだろうけど、積極的にお友だちをさがしにいったりはしなかった。

花を摘んで、葉っぱのふねにのせて小川に流したり、木の枝で地面に絵を描いたり。そんなひとり遊びで、じゅうぶん満ち足りていた。

夏には履きものを脱いで、小川に足の先をひたして遊んだ。きらり、きらり、と光る水を足の指でかきわけて、くすぐったい感触を楽しんだ。水に入るのは好きだった。海水浴に連れていってもらったことは、ただの一度しかなかったけれども。

大阪生まれの父は頻繁に仕事を変える人で、それに合わせてわたしたち家族の住まいも都道府県単位で変わった。いちばん古い記憶にあるあの炭鉱の町は兵庫、それから和歌山、京都、滋賀と来て、わたしが中学生になる頃、ようやく大阪の寝屋川に落ちついた。

炭鉱に勤めていた頃の父は「監督」と呼ばれていた。夜になると、時々酒に酔った若い男たちが怒鳴りこんできた。彼らが来ると、母はわたしに台所の包丁を床下に隠すように命じた。

「あの人たち、なんで怒ってるの?」

酔っ払いの喚き声はひどく聞きとりづらくて、わたしには彼らがなにを言っているのかまったくわからなかった。

「男の世界にはいろいろあるんや。あんたはそんなこと知る必要ない」

はさみに手ぬぐいを巻きながら、母はけわしい顔でわたしにささやいた。世界は、男のものと女のものにわかれているのだと知った。玄関先でわあわあ言っている男たちは、たしかに自分や母とは違う生きもののように思われた。ごつごつした身体も、鼻の下や顎に生えた、黒々としたひげも。

　家中の刃物を隠していた母が恐れていたのは、父が刺されることだったのか、それとも父が誰かを刺してしまうことだったのか、今となってはもうわからない。

　父もまた「温厚」とか「おだやか」といった言葉からは遠い人だったけれど、わたしにはやさしかった。小川のそばで遊んでいると、父はよくその様子を見に来た。

「お父さん、はいどうぞ」

　葉っぱのお皿にのせたシロツメクサのごはんを渡すと、父は目を細めて、ぱくぱく食べる真似をした。

「おいしいおいしい。文枝は料理が上手やな。お裁縫も上手で、美人で、ええお嫁さんになるで」

　お嫁さん、と繰り返すわたしの頭を、父がなでた。

「女は力では男にかなわへん。せやから同じ土俵で勝負しようと思ったらあかん。女は男よりきれいでかしこい。きれいでかしこいからこそ、そうでない男の立場をいつも思いやってやらなあかん。それがええお嫁さんっていうことやで」

　きゅうに陽が翳った。見上げる父の姿は、ただの黒いかたまりになる。頭をなでる父の手はあくまでもやさしいのに、なんだか喉に大きなかたまりがつかえたような、この感覚はなんだろう。

「……ちゃん。おばあちゃん」

大きな手が額に触れて、はっと我にかえった。わたしの顔をのぞきこんでいるのは清澄《きよすみ》だとわかるのに、清澄が自分の孫であり、自分が七十四歳の「おばあちゃん」であるという事実に気づくのに、数秒を要した。それほどに川の水の感触も父の声も、なまなましい。

のろのろと身体を起こす。若い頃のように、ぱっと起き上がることができなくなった。首やら肩やら腰やら、痛む部分をなだめるように、すこしずつ、すこしずつ動かなければ、とんでもないことになってしまう。

いつのまにか夏掛けがかけられている。洗いもののあとですこし身体を休めようと横になったら、いつのまにか眠っていたらしい。

時計の針は午前十一時過ぎをさしている。まだ頭がぼんやりしていて、時間を見るだけのことにひどく手間取る。

「キヨ、学校は」

「夏休みやで、昨日から」

「……ああ、そうやったね」

自分の頬をぴたぴたと叩くわたしを、清澄が身じろぎもせずに見ている。いよいよぼけたんちゃうか、と心配されているのかもしれない。

「なんか、苦しそうに見えたから起こしたけど、だいじょうぶ？」

「ええのよ。ありがとう」

部屋の畳が、真っ白になっている。清澄が白い布を広げているからだ。

この生地を買うために、一緒に船場《せんば》センタービルに行ったのは五月のことだった。「姉ちゃんのウェディングドレスを僕がつくる」と清澄が言い出したのが、四月。今は七月だ。お式は十月。それなのに、いまだに仮縫いの段階から先に進めずにいる。

両親が生きていたら「男がドレスを縫う？」と目を丸くするかもしれない。明治生まれの人だもの。男の世界、女の世界。父や母の頭の中で、世界はくっきり分断されていた。「どうせ嫁に行くのだから大学になど行く必要はない」と言う時の彼らには、娘の進路を妨害する強い意志など、なかったはずだ。あたりまえのことをあたりまえに語っているという表情の彼らと対峙するわたしには、喉に大きなかたまりがつかえたようなあの感覚が依然として残っていたけれども、そんな自分のほうがまっとうではないのではないかとおびえてもいた。

でも、今はもう男だから女だからという時代ではないはずだ。そうであってほしい。

だから清澄が小学生の頃「おばあちゃんから裁縫を習いたい」と言い出した時も、ちゃんと教えた。この子は手先が器用で、粘り強い。人の話もしっかり聞く。失敗してもめげない。だから教えるのは、楽しかった。

「さつ子は、ほんとに針仕事が嫌いやったけどねえ」

三度の流産を経験したすえにようやく生まれた、わたしのたったひとりの娘。それが、さつ子だ。夫のさつ子への愛情の注ぎかたは、父のわたしへのそれとはまったく違っていた。これからは女もばりばり働く時代やで、と言ってさつ子が興味を持つことはなんでもやらせたが、わたしが「ばりばり」働くことは嫌がった。近所の人に「いや、あれの仕事はしょせん小遣い稼ぎ程度ですわ」と話しているのを耳にしたことがある。どこそこのお宅は奥さんのほうが収入が多いらしいと、唇を歪ませていたことも覚えている。よそのお家のことなのに、いかにも不快そうに。

スーパーマーケットで、建設現場の事務所で、市役所の臨時パートで、健康飲料の配達所で、わたしは働き続けた。どこの職場にも親切な男の人というのがいて「女の人にそんなことさせられませんよ」と重い荷物を持ってくれたり、わたしの簡単な計算ミスを責めずに「女の人は数字に弱いですからね」と笑って許してくれたりした。

夫の機嫌を損ねないようにと気遣う必要はなかった。どこへ行っても、パートタイムのわたしの収入は、夫のそれには届かない。どんなにがんばっても。

もしも大学に行っていたらとか、りっぱな会社に入っていたら、なんてことは考えないようにしてきた。「何々だったら」、なんて言い出せばきりがない。

「さつ子はお婿さんをもらって、ずっとこの家におるんやで」

ごくちいさな頃からそう刷りこまれてすくすくと育ったさつ子は、二十二歳の時にほんとうに「お婿さん」をうちに連れてきた。お腹に赤ちゃんもいた。

夫は順番が逆だ、ということに難色を示したものの、さつ子夫婦がこの家で暮らすことについては満足そうだった。玄関の表札が「松岡」と「高梨」のふたつになった。

清澄が腕組みして、畳の上に広げられた仮縫いのウェディングドレスを見下ろしている。眉間に皺がぎゅっと寄っている。きっとあのちいさな頭の中で、めまぐるしい速度で脳が回転しているのだろう。

胸元があいているのは嫌だの、袖がないのは嫌だの、リボンはつけないでほしいだのという細かい水青《みお》の注文に、清澄はじつに辛抱強く応えてきた。

そうしてなんとかかたちになってきたのだが、昨日また水青が「なんか違う」と言い出した。

「なんかってなに。どういうことなん？」

「うまく言えないけど、違う」

そんなやりとりを、夜遅くまでしていたけど、結論は出なかったようだ。

いったい、なにが違うんやろな。清澄が唇を尖らせるのも、もっともだ。水青の考えていることは、昔からよくわからない。

でも水青は最近、すこし雰囲気が変わった。以前は灰色や紺色の服ばかり選んでいたのに、このあいだ薄い水色のブラウスを着ていた。

「あら、似合うやない。リネン？」

わたしのほめ言葉に、水青はただ、ふしぎそうに目を丸くしただけだった。

「リネンの意味がわからへんかったんちゃう」

話を聞いた清澄は、ドレスをハンガーにかけながら首を振る。

「だって姉ちゃん、自分の服がどんな生地でできてるかなんて関心なさそうやん」

そんなことってあるだろうか。これまで一度も「リネン」という言葉に触れることなく生きてきたというのか、わたしの孫娘は。わからない。

「あ、そういえば、ドレスのことお父さんに相談してみた？」

お父さん。さつ子と話す時はそれはわたしの今は亡き夫を指す語で、水青や清澄と話す時には、さつ子の別れた夫を指す。本人が「お婿さん」として一緒にこの家に住んでいた頃は「全さん」と名前で呼びかけていた。

「したよ。でも手伝うことは無理って」

全さんとさつ子が離婚したのは、清澄が一歳の時だった。

「我慢の限界」という言葉を、さつ子は使った。「離婚の理由は、我慢の限界ってやつよ」、と。

そうして「お婿さん」はひとり、この家から追い出されたかっこうになった。

その頃の全さんは、大阪市内のまあまあ名の知れたアパレルメーカーに勤めていた。今は違う。縫製工場を営んでいるもと同級生に雇われて、洋服をつくっているらしい。

「無理ってどういうこと？」

わたしが長年やってきたのは刺繡や編み物などの手芸であって、洋裁となると話が違ってくる。経験がないわけではないが、それはスカートとか、簡単なパターンのワンピースを何度か縫ったことがある、というだけの話だ。

知識も技術もある（はずの）全さんの力を借りることができるなら、それにこしたことはないのだが。

「えーっと、ちょっと待って。読むから」

清澄がポケットからスマートフォンを取り出す。

「俺は父親らしいことを、なんにもしてこなかった。そのくせ娘の結婚式のドレスをつくるからといって、しゃしゃり出るのは違う気がする。申し訳ない気もする。さっちゃんだってあんまり気分良くないと思う。キヨが頼ってくれるのは、ほんまにうれしいけど……やて。どう思う？」

全さんの気持ちはまあ、わからなくもない。離婚してしまったけど、けっして悪い人ではなかった。繊細で、やさしくて、ただちょっとだけ浮世離れしていて、決定的に家庭に向いていない、というだけの話だ。

家庭に向いていないことに、いっそ本人が気づかなければ楽なのかもしれないけど、全さんはそれに気づいてしまう。開き直って「関係あらへん、離婚しても俺の娘と息子や、文句あるか？」と言えるほど心が強くもない。かわいそうな人。

「まあ、ドレスの件は保留にして……ひさしぶりに刺繍でもしたらどう?」

スマートフォンの画面を睨んでいた清澄の眉間が、ふっとゆるむ。

「うん、そうするわ」

刺繍をしている時が、この子はいちばん楽しそうだ。糸を重ねるのは、絵を描くみたいなおもしろさがあるのだという。

清澄の手の中でスマートフォンが鳴る。画面を一瞥して「えー」とか「いきなり?」とか、ひとりでぶつぶつ言い出した。

「どうしたん?」

「……おばあちゃん、明日、家に友だち呼んでもいい?」

清澄の友だち。家に。清澄の、友だちが。家に。

「もちろん、もちろんええよ、もちろん!」

興奮のあまり前のめりになってしまう。勢いあまって清澄の膝に手を置いてしまった。なにやらぎょっとしたような顔で、清澄は「あ、うん、ありがと、うん」と、上体を反らしてわたしから逃れた。

男の子だとばかり思っていた。清澄が家に呼ぶという友人のことだ。

「おじゃまします」

玄関の三和土《たたき》に立った小柄な女の子が、やけにきっちりとした角度で頭を下げる。つられて、スリッパを出すわたしの動作もみょうにかしこまってしまう。

「もうひとりは遅れて来るって」

今日は、この女の子に、宮多くんというもうひとりの男の子と清澄が数学を教えてもらうことになっているらしい。宮多くんの発案である。

「高杉くるみです」

「くるみは成績が良くて、いつも学年で十番ぐらいなんやで」

我がことのように自慢している。

「キヨくん、十番ぐらいって微妙やから、あんまり言わんといて」

「なんで？　あんないっぱい人がおる中での十番なんやで、すごいことやん」

高杉さん、高杉くるみさん。口の中で何度か繰り返して、思い出した。この子、知っている。

「キヨくんとは、小学校も中学校も一緒でした」

ああやっぱりと、胸の前で両手を合わせた。たしかお父さんが学校の先生で、水青が中学一年の時の担任だった。

「そう、高杉先生のお嬢さんやったのねえ」

これ、母が持っていきなさいって、とくるみちゃんが紙袋を差し出す。

「母が言うには、ものすごくおいしいなすの浅漬けだそうです」

「あら、ありがとう。なすの浅漬け大好き」

つまらないものですが、と渡されるより、ずっとうれしい。透明の袋に入ったつややかな紫色のなすは、うす水色に染まった汁の中で気持ちよさそうに泳いでいる。台所に移動して、さっそく皿にあけてひとつつまんでみたら、しゃくっと気持ちいい音がした。

「あら、ほんとにおいしい。みずみずしくって」

よかった、とくるみちゃんが胸に手を当てる。笑うと目が細くなって、あどけない顔になる。子どもみたいな顔のまま、くるみちゃんはダイニングテーブルにノートやテキストを広げはじめた。

「ここで勉強するの？」

「うん、広いし、冷蔵庫もあるし」

テーブルの上の清澄のスマートフォンが鳴る。あ、宮多や、と呟いて手に取った。

「家の場所がわからんねんて。迎えに行ってくる。橋のとこまで」

孫が消えたら、急にしんとした。なんとなく、落ちつかない。くるみちゃんは頓着せぬ様子でノートになにか書いている。

「女の子やのに、数学が得意やなんてすごいね」

沈黙を埋めるためだけに放った言葉に、くるみちゃんがぱっと顔を上げる。この子はちょっと清澄に似ている。まっすぐに相手を見つめるところが。

「性別は関係ないと思います」

びっくりして、息がとまりそうになった。なににびっくりしたって、自分の発想にだ。女の子やのに、だなんて。

「そう、そうよね。ごめんなさい」

わたしはいったい、どんな顔をしているのだろう。くるみちゃんがあわてたように両手を振った。

「いや、そういうふうに言われがちなのは知ってます。ただ、男女の数学の能力に差はないっていう論文もありますし。あ、もちろんそういう論文があるってネットの記事で読んだだけですけどね。だから」

いたわるような口調で説明されて、いたたまれなくなる。知らなかったんだからしょうがないよね、おばあちゃん。この子はもしかしたら、今そんな気持ちなのかもしれない。

男のくせにとか女のくせにとか、そんなことに苦しめられずに済む時代を自分の子や孫には生きてほしいと願ってきたつもりだった。そのくせ「女は男より劣る」という考えは今なおわたしの全身を蝕《むしば》んでいる。なにも考えずに「女の子やのに、数学が得意やなんてすごい」なんて言葉が口をついて出る。

くるみちゃんがまたなにか言いかけた時、玄関の戸が開く音がした。わあわあ、というような甲高い声が聞こえる。清澄の後ろから人懐っこい笑みを浮かべた男の子が登場し、さらにその隣には、どう見ても小学生の男の子がくっついていた。

「宮多の弟。颯斗《はやと》くん」

まだ小学一年生なので、ひとりで留守番させるわけにもいかずに連れてきたという。

小学生の男の子が来るとは思わなかった。それは清澄も同じだったようで「おばあちゃん、なんかジュースとかあったっけ」とあたふたしている。

「あ、だいじょうぶ。気にせんといて。飲みもん持ってきてるから」

宮多くんの言うとおり、颯斗くんは水筒を斜めがけにしている。心配するわたしたちをよそに、リュックから携帯ゲーム機を取り出して遊びはじめた。

「ていうか、おばあちゃんって。キヨのお母さんかと思いました」

「あら」

今どきの男子高校生の、なんと如才ないことか。中学までずっと友だちがいなかった清澄が、すんなり（ではないのかもしれないけど）宮多くんとは仲良くなれた、その理由がわかったような気がする。

「颯斗、お前も夏休みの宿題せなあかんで」

宮多くんがお兄ちゃんらしく声をかける。

「朝とっくにやったわ」

ゲーム機のボタンを親指で連打しながら、颯斗くんがふふんと鼻を鳴らす。宮多くんはちょっぴり、さびしそうだった。

「しっかりしてるな、宮多の弟」

「やろ。たぶん俺よりちゃんとしてる」

男子高校生ふたりは神妙な顔で頷き合っているが、いくらしっかりしているとはいえ、完全に放置しておくわけにもいかない。とりあえずお菓子でも買ってきてもてなそうと外に出た。気温が体温とおんなじだなんて、まったくもってげんなりしてしまう。まだ陽も昇りきっていないのにアスファルトはがんがんに熱したフライパンのようで、太陽がちりちりと容赦なく、首筋や手の甲を焼く。日傘を持ってくればよかった。

お菓子じゃなくて、アイスがいいだろうか。清澄が友だちを連れてくるなんてはじめてで、そわそわしてしまう。水青のお友だちは何人かいたけどみんな女の子だったし、彼女たちは挨拶もそこそこに水青の部屋に入ってしまっていた。「孫が友だちを呼んで勉強している時にふさわしい祖母としてのふるまい」が、よくわからない。そうそう、お昼ごはんはどうするのだろう。つくってあげるべきなのか、それとも「なんか食べておいで」と清澄におこづかいをあげるほうがいいのか。

はてさて、と頭を悩ませていたせいで、道の向こうから自分の名を呼ばれていることに気づかなかった。

考えごとをしていなくても同じだったかもしれない。おばあちゃん、あるいは、奥さん、としか、近頃は呼ばれない。わたしを「文枝」と名前で呼ぶ人など、ほとんど周囲にいなくなってしまった。

「文ちゃん！　文枝ちゃん！」

道の向こうから大声を出していたのは、マキちゃんだった。中学の同級生だったマキちゃん。大人になってからも会っていたが、ここ数年は疎遠になっていた。いや、もう二十年ほどかもしれない。年賀状のやりとりは続いていたけど。でも顔を見たらすぐにわかった。

「いやあマキちゃん！　ひさしぶり！」

「いやあ、文ちゃんに似た人がおるなあと思って見ててんけど、やっぱり文ちゃんやったわ」

わたしたちは何度も何度も「いやあ」「いやあ」とおたがいの腕を叩き合った。

「文ちゃん、変わってないなあ。ぜんぜん年取ってない」

そう言うマキちゃんは、太った。顔がまんまるになっている。でもかえって若々しくなった。

「なんでここにおるん？」

たしか、枚方《ひらかた》あたりに住んでいたはずだった。

「ひ孫が生まれたのよ。それで顔見に来たの」

「え、あら、それはおめでとう」

ひ孫、という言葉の響きに一瞬くらっとする。ひ孫。思えば遠くへ来たものだ。わたしとマキちゃんはかつては、セーラー服を着た花も恥じらう乙女だったのに。

夢があったのよ、わたしたち。しみじみと、誰かにそう語り聞かせたい。教室で、校庭で、お菓子を食べながら、おたがいの髪を編みながら、語り合った。通訳になりたい、白衣の天使も素敵、思いきって女医さん。

具体的な将来の目標ではなかった。「憧れのスターに会いたい」とか「砂漠でラクダに乗ってみたい」というのと同様の、ふわふわと甘い夢。その甘い夢を現実に変えるにはまず学ぶ環境を、父と母と闘ってでも獲得しなければならないと気がついたのはもうすこし後のことだった。

「そうだ、あたし今フラダンス行ってんのよ」

マキちゃんが胸をはる。

「フラダンス？」

すぐさま、頭の中で髪にハイビスカスの花を挿したマキちゃんが踊り出した。実際に見たことはないのに、この目で見たようにありありと想像できる。それぐらい「マキちゃん」と「フラダンス」の組み合わせはしっくり来る。

「ほら、あそこに大きいスポーツクラブがあるやろ？　バスで迎えに来てくれるから、通うのも楽よ。文ちゃん、一緒に踊らへん？　楽しいで」

「うーん……まあ、楽しいやろうけど、それは」

「ちょっと考えてみてよ」

バッグをごそごそさぐっていたマキちゃんは、やや角の折れたチラシをわたしに押しつけ、せかせかとひ孫が待っているというマンションへと向かっていった。

『お友だち紹介キャンペーン』と書かれたチラシには、紹介した相手が入会すると、紹介した側とされた側に粗品と一か月ぶんの月謝が千円オフになるチケットを贈呈する旨が書かれていた。マキちゃんはきっと、これを狙っている。

しっかりしてるわ、と苦笑いして、スーパーマーケットへと踏み出す。ふいに動いたせいで、腰にけっして軽くはない痛みが走った。

油の中で、鱧《はも》の身が、ぷかりと浮かんだ。裏返すと、衣はおいしそうな黄金色に変わっている。

「キヨ、そろそろおつゆをよそって」

「はい」

お椀がよっつ、縦に並べられた。器用におたまをあつかう孫の手つきを横目でみやり、腰をさすりながら鱧の天ぷらをバットに引き上げた。からりとおいしそうに揚がったと、ひとりほくそ笑む。

水青が休みなので、今日は四人そろっている。学習塾に勤めている水青は帰りの遅い日が多いから、一緒に食事できる機会が少ない。あと数か月でお嫁に行く水青と食卓を囲む機会はもうそう多くないだろう。ひさしぶりに、揚げたてを食べさせてやりたい。

「いい匂い」

さつ子が鼻をひくひくさせている。この子は料理は嫌いだけど、食べることは大好きだから、昔から料理をしているとよくこうやって傍に寄ってきた。

四人そろって席につき、両手を合わせる。

「マキちゃん、もうひいおばあちゃんなんやで。びっくりするなあ」

「おばあちゃんも近いうちにそうなるって。なあ、水青」

箸を使いながら同意を求めるさつ子から、水青がさっと目を逸らす。

「そんな、すぐに子どもなんて……」

「なんで？　結婚するってそういうことやんか」

さつ子はたぶん、妊娠しやすい体質なのだろう。水青の時も清澄の時も「気を抜いたら」妊娠した、と言っていた。他の女もみんなそうなのだと勘違いしている。女はみな、望めば簡単に子を宿せるものなのだと。

わたしから生まれたとは思えないほどすこやかで、すこやかであるがゆえにほんのすこし無神経な娘。

水青は目を伏せたまま、お味噌汁の椀に口をつける。清澄は子ども云々の話題にまるで興味を示さず、テレビを見ながらごはんを口に押しこんでいる。リスのように頰がふくらんで、もこもこ動く。テレビ画面の中ではわたしの見たことのない芸能人が東京のどこかの街の、見たことのない食べものを食べているところだった。

「フラダンスに誘われたわ」

清澄の顔がこちらに向く。

「やるつもりはないけど」

でしょうね、と言わんばかりにさつ子と水青の頭が縦に動いた。このふたりがマキちゃんに誘われたら、一瞬の躊躇《ちゅうちょ》すらせずに「やめとく」「無理」と拒むだろう。踊ることを楽しむようなタイプではない。

清澄が口の中のものを飲みこむ、「ごく」という音が、やけに大きく響いた。

「いや、やってみたら？」

「えー」

さつ子と水青が、声をそろえた。

「だっておばあちゃん、針仕事は目が疲れるし、肩も凝るからしんどい言うてたやん。そしたら、いっそ身体動かす趣味のほうがいいような気する」

身体を動かすこと。それは、わたしも考えていたことだった。最近、自分が衰えていくのを日々感じている。

なるべく、迷惑はかけたくない。

さつ子はわたしのたったひとりの娘だ。将来わたしがどんな状態になろうと、なんとか自分で介護しようとするに違いない。それが正解だと信じている、信じてしまえる、すこやかな娘だから。

「身体動かすのはええけど、でも、どうせなら……」

マキちゃんから渡されたチラシを取り出して眺める。どうせなら。でも、その気持ちを口に出すのには、勇気がいる。

「あ、そういえば姉ちゃんとこの塾、月謝なんぼなん？　パンフレットとかある？　宮多の弟が塾行きたいらしくて」

言葉が続かなくなったわたしにちらりと視線を投げた清澄が、やや唐突に話題を変えた。

「いくつ？　弟」

「小一」

「小一の子が自分から塾行きたいいって言ってんの？　すごいな」

「いっぱい勉強して、国境なき医師団に入りたいんやて」

へええ。さつ子と水青がまた声をそろえた。いかにも利発そうだった宮多くんの弟。あんなにちいさな子が「国境なき医師団」を知っており、なおかつそれに入りたいという。たしかに、びっくりだ。

「キヨも、そ……」

さつ子がなにか言いかけて、いそいでごはんを口に押しこんだ。夏休みに入るちょっと前に、清澄とさつ子はけんかをした。けんか、と呼んでいいのかどうかもわからないほどささいなものだったけど、これまでさつ子の言うことはすべて適当に聞き流すのが常だった清澄と、それに慣れていたさつ子にとってはかなり大事件だったと言える。戸惑い。ためらい。そんな感情が、割れないシャボン玉みたいに、ふたりのあいだには常に漂っている。

「そしたら、体験入塾の案内とか明日もらってくるわ」

「うん、お願い」

そんな会話をする姉弟を横目に、ごちそうさま、と両手を合わせる。

家の中のことは、洗濯は水青、料理はおもに清澄とわたし、掃除はさつ子が、というふうに決まっている。洗いものだけは「フリー業務」と呼ばれていて、担当が決まっていない。以前、つまりわたしの夫が生きていた頃と、全さんがこの家に住んでいた頃は、家事はさつ子とわたしふたりの仕事だった。担当なんか当然なくて、気づいたほうがする、というやりかた。

たいていのことに、わたしより先に気づいてしまう。それがさつ子の最大の不幸だった。テーブルに置きっぱなしの湯呑みも、いっぱいになったゴミ箱も、いちはやく見つけてしまう。おまけにさつ子は根っからの働き者だ。見て見ぬふりがどうしてもできない。かといって、家事を楽しめるタイプでもない。

あれもこれも、とひとりでがんばって、爆発してしまった。ある日突然「もういや、ぜんぶいやや」と泣き喚いて、ついには離婚してしまった。もしあの頃、家事分担の制度を決めていたら、娘夫婦も離婚まではしなかったのではないか。今さらかもしれないけど、そう思われてならない。多忙による余裕のなさが苛立ちとなり、自分の夫への怒りを募らせる燃料となってしまったのではないか。

皿を洗い終えたわたしに、冷凍庫をのぞいていたさつ子が声をかける。

「このアイス、食べてもいい？」

「もちろん。買いすぎたのよ、食べて食べて」

わたしは清澄が友だちを連れてくる、という事態によほどまいあがっていたのだろう。ひさしぶりにマキちゃんに会ったことによる気分の高揚もあった。うっかり、冷凍庫がぱんぱんになってしまうほどにアイスクリームを買ってしまった。

清澄と水青は、ふたりとも自分の部屋に入ったようだ。

「さっさとお風呂入ったらええのに」

ぶつくさ言いながら、さつ子はバニラアイスの蓋を開ける。

「あ、空手」

突然なにを言い出すのかと思ったら、テーブルに置きっぱなしになっていた、マキちゃんからもらったスポーツクラブのチラシを眺めているのだった。

いつだったか、さつ子が清澄に空手か剣道か柔道を習わせようと躍起になっていた時期があった。身を守るためだ、と言っていた。それがほんとうの理由ならば、水青に同じようにすすめても良さそうなものなのに「いや、水青は女の子なんやから」の一点張りだった。

わたしもアイスクリームをひとつ選んで、さつ子の正面に腰かける。マキちゃんが通っているスポーツクラブにはフラダンスや空手の他にも二十種類以上のクラスがあるらしい。ちいさな写真をモザイク画のようにちりばめたチラシに、しばらく見入る。

右上に配置された、プールの写真。スイムキャップをかぶった子どもが笑顔でビート板を抱えている。

どうせなら。さっき言いかけた言葉が、また口をついて出そうになる。

「スイミング？」

わたしの視線をたどったさつ子が、怪訝《けげん》な顔で呟いた。びっくりした拍子に、バカ正直に頷いてしまう。

泳ぐのが好きだった。泳ぐのが、というよりは水の中に入ることが。水に触れること、そのものが。

子どもの頃に足をひたした小川。足の指のあいだをすりぬけていく、ほんのすこしこそばゆい水の感触。つめたい水の中に身体を沈める時の、心臓がきゅっとなる感じ。もぐってしまうと音が聞こえなくなる、あの心もとない感じ。

「でもプールなんて、もう何十年も行ってないから」

わたしが呟くと、アイスクリームをすくう手をとめて、さつ子が目を細めた。おいしいものを味わっているような、やわらかい表情をしていた。

「プールなあ。……あ、あの市民プールに行ったぐらいが最後ちゃう？　ほら、水青が幼稚園ぐらいかなあ。みんなで行ったやろ。お父さんも一緒に」

あの時は、と言おうとしたけど、うまく声が出なかった。喉をふさがれたように苦しくなる。咳払いをして、なんとか声を絞り出す。

「あの時、わたしプールには入ってへんの。覚えてないの？」

「そうやった？　覚えてないなあ」

流れるプールがあって、スライダーもあって。さつ子には楽しい記憶しか残っていないのだ。喉の奥から大きなかたまりがせりあがってくる。奇妙ななつかしさすらおぼえるような、あの例の感覚。

「入るなって、お父さんが言うたんやもの」

みっともない、という言葉を、わたしの夫は使った。

「そんな、若うもない女が水着を着るのはみっともないからやめときなさい」

きつい口調ではなかった。かすかに笑っているようだったし、冗談だったのかもしれない。だけど、わたしを怯ませるのにはじゅうぶんだった。なによそれ、と怒りながら、傷ついていた。はっきりと。

プールサイドで、ただ見ていた。夫が水青のちっちゃな浮き輪を引っぱっているのを。さつ子は水青に並んで水の中を歩きながら、にこにこしていた。子どもをひとり産んだとはいえ、まだ二十代のさつ子ははじけるように若く、まぶしかった。

全さんはいなかった。どうして一緒に来なかったのか、そのあたりは記憶がないけど。

プールサイドの椅子はぜんぶ埋まっていたので、わたしは持参したビニールシートを床にしいて座っていた。

時折、ぎゅっと目をつむった。おさない頃のように。涙はこぼれる前にとめなければならない。こぼれたらあとはもう、とめどなくあふれてきてしまうから。

「お前、そうしてると犬みたいやな」

プールから上がってきた夫が、そう言って歯を見せた。飼い主が岸に上がってくるのをじっと待っている、忠実な犬のようだと。

濡れた手で頭を触られそうになって、乱暴に振り払った。

「やめてよ」

あの痛みが、そっくりそのままよみがえる。

「なにを怒ってんねん、そうしてるとかわいいって言うてるだけやないか」

きょとんとしていた夫の顔を思い出すと、ますます胸が痛くなる。もう二十年以上経っているのに。大きなかたまりを飲みこむ時は、いつだって苦しい。

「……お父さんがそう言うたのは、愛情の裏返しやと思うで」

わたしの話を聞いたさつ子が、とりなすように言う。

流し台のほうから、ぽたん、ぽたんと規則的に聞こえてくる。立ち上がって、蛇口を閉め直した。

水着がみっともないと言ったのは、きっと他の人に見せたくないという気持ちの裏返しだと、さつ子は亡き父を擁護し続けている。

「愛情なら、裏返さんとそのまま差し出してくれたらよかったのよ」

犬みたいでかわいいなんてバカにしている。即座にそう伝えられたら、どんなによかっただろう。おさない頃、父にたいしても言えなかった。父は「女はきれいでかしこい」と言った。夫は「かわいい」と。ほめる態で、抑圧してきた。それは抑圧であると糾弾するための言葉を、わたしは獲得していなかった。

獲得しようとしたことすら、なかったかもしれない。飲みこむ必要のないものを飲みこみ続けて、そうやって、今日まで、わたしは。

「アイス、溶けるで」

さつ子に促されて、アイスクリームをすくう。喉にからみつくようで、わたしにはすこし、甘すぎた。

ちょっと、姉ちゃんとこ行ってくる。清澄がそう言ったのは、その翌日のことだった。時計を見ると午後二時を過ぎたところで、この時間はまだ水青は学習塾にいるはずだった。

「昨日言うてた体験入塾の案内、宮多のお母さんが今日中に欲しいて言うてるらしくて。だからちょっと宮多と一緒に取りにいってくる」

「あ、そう」

気をつけてね、と見送ったと同時に、家の電話が鳴る。もしもし、と言い終わる前に、マキちゃんの大きな声が聞こえてきた。

「文ちゃん？　考えてくれた？」

ああマキちゃん、と答えながら、受話器を持ちかえる。居間の窓は全開だ。蟬がしゃーしゃーと耳障りな声を立てる。蟬というものはちいさな身体をしているくせに、よくもあんな大きな音を発せられるものだ。

「考えたけど、わたしはやめとくわ」

「あら、フラダンスってええ運動になるのよ」

そうやねえ、と電話のコードをいじった。

「でも、やめとく。運動はしたいけど」

「そう？」

なあ、マキちゃん。そう言ったきり、声が出なくなってしまう。あんな、わたしな、と語彙の少ない幼児のように拙《つたな》く繰り返しながら、必死に言葉をさがす。

泳いでみたいのよ。たったそれだけのことが、どうしても言えない。わたしたちはもう女の子ではない。おたがいの髪を編みながらなんでも話していた頃とは、もう違う。

みっともない、みっともない、夫の声が耳の奥でこだまする。

太陽が翳って、外の世界がすこし色を変える。ほんのりと暗く、濃い色に。

「ねえ、文ちゃん」

あたし、太ったやろ。昨日会った時、そう思わへんかった？　そう訊ねるマキちゃんの意図が読めない。電話は不便だ。表情が見えないから。

「あたしね、子宮全摘したんよ。もう十五年ぐらい前かな、うん」

「それは……」

なにか言おうとして咳きこんでしまった。言葉が喉に引っかかってしまったみたいに。

「……たいへんやったね」

「そう。たいへんやったのよー」

マキちゃんの口調はきわめて軽い。それでも、軽くあろうとつとめている切実さが、あちこちからこぼれ出てしまう。

「あ、太ったのはね、ホルモンがどうとか関係ないのよ。あのねえ、これでもそれなりの葛藤があったのよ。女じゃなくなるみたいで。わかる？」

「うん」

蟬の声が聞こえなくなる。女じゃなくなるみたいで。なんでもないことのようにそう言えるようになるまでの、マキちゃんの日々を思う。

「でもねえ、身体のどの部分をなくそうが女でなくなることなんかないし、仮に女でなくなってもお前はお前なんやでって、うちの旦那が言うたのよ」

でっへへへ、と笑われて気がついた。戸惑っているうちに、マキちゃんの話はのろけに移行していた。

「あたしはあたし。そう思ったら、なんかいろんなことがスーッとしてね。やりたいことぜんぶやろうと思うたのよ。食べたいものはぜんぶ食べようって。太ったのはそのせい。あはは」

「あ、あはは」

せやから文ちゃんもやりたいことがあったらやったほうがええで、あっそうやこんどスイーツビュッフェ行かへん、と楽しげに続くマキちゃんのお喋りに耳を傾けながら、じわりと涙が滲んだ。こっそりと指先で拭う。電話の向こうのマキちゃんには見えやしないとわかっているのに。

人の一生がたとえば一本の映画だとしたら、わたしの映画はあと何分ぐらい残っているのだろう。後半であることは疑いようもないけど。

男だから女だからと制限されないような、そういう時代を子や孫には生きてほしいと願っていた。

お母ちゃんかて大学になんか行ってへんのやで。母からそう言われたのは、結婚したあとのことだった。三度目の流産ののち床に臥《ふ》せっているわたしの枕元で、母がどうして突然そんな話をしはじめたのかは今もってわからない。

お母ちゃんはそこらの男より勉強ができたんやで。でもお金もなかったしなあ、と苦々しげに語り出した母にたいして感じた、すこしの憐憫と、失望。

「自分の時代はそうだったから」とあとの世代に押しつけることだけはするまいと、あの時誓った。

わたしが夢想した「新しい時代」に、自分自身は含まれていなかった。含んではいけないと、なぜだかかたく思いこんでいた。

「ただいま」

夕方になって、ようやく清澄が帰ってきた。心なしか、表情が冴えない。具合でも悪いのだろうか。

「ちょっと、部屋に入るで」

裁縫箱を片手に、わたしの部屋に入っていく。鴨居にかけた、仮縫いの水青のウェディングドレス。腕組みして睨んでいると思ったら、いきなりハンガーから外して、裏返しはじめた。

「どうしたん、キヨ」

清澄はリッパーを手にしている。ふーっと長い息を吐いてから、縫い目に挿しいれた。

「えっ」

驚くわたしをよそに、清澄はどんどんドレスの縫い目をほどいていく。

「水青になんか言われたの？」

「なんも言われてない」

ためらいなくドレスを解体していく手つきと裏腹に、清澄の表情は歪んでいた。声もわずかに震えている。

「でも、姉ちゃんがこのドレスは『なんか違う』って言った気持ちが、なんとなくわかったような気がする」

学習塾に行った時、水青はしばらく清澄たちに気づかずに、仕事をしていたという。「パソコンを操作したり、講師の人となんか喋ったりする顔が」と言いかけてしばらく黙る。

「なんて言うたらええかな。知らない人みたい、ともちょっと違うし……うん。でもとにかく、見たことない顔やった」

清澄はリッパーをあつかう手をとめて、空中を睨んでいた。そこに、次に言うべき言葉が漂っているみたいに、真剣な顔で。

「たぶん僕、姉ちゃんのことあんまりわかってなかった」

生活していくために働いている。やりたいこととか夢とか、そんなのはいっさいない。いつもそう言っている水青の仕事はきっとつまらないものなのだと決めつけていた、のだそうだ。

「でも仕事してる姉ちゃん、すごい真剣っぽかった」

「はあ」

「生活のために割りきってる、ってことと、真剣やないってこととは違うんやと思った」

でもそれが、なぜドレスをほどく理由になるのか、わたしには今いちわからない。

「姉ちゃんはな、ただわかってないだけやと思っとってん。ドレスのこととか、ぜんぶ。僕とおばあちゃんに任せたらちゃんと姉ちゃんがいちばんきれいに見えるドレスをつくってあげられるのにって。どっかでちょっと、姉ちゃんのこと軽く見てたと思う。わかってない人って決めつけて。せやから、これはあかんねん。わかってない僕がつくったこのドレスは、たぶん姉ちゃんには似合わへん」

水青のことを尊重していなかった。清澄が言いたいのは、要するにそういうことなのだろうか。そういうことなん？　と訊ねるのはでも、やめておく。たとえ拙い言葉でも自分の言葉で語ろうとしている。大切なことを見つけようとしている。邪魔をしてはいけない。

「わかった。そういうことなら、手伝うわ」

自分の裁縫箱から、リッパーを取り出す。向かい合って畳に座った。指先にやわらかい絹が触れた瞬間、涙がこぼれそうになる。真剣な顔でひと針ひと針これを縫っていた清澄の横顔を思い出してしまった。自分で決めたこととはいえ、さぞかしくやしかろう。

「一からって、デザイン決めからやりなおすの？」

「そうなるね」

「手伝う時間が減るかもしれんわ、おばあちゃん。……プールに通うことにしたから」

「プール」

復唱する清澄には、さしたる表情の変化はなかった。どんな反応が返ってきたとしても、もう気持ちは固まっていたけど。

「そう。プール。泳ぐの、五十年ぶりぐらいやけどな」

「そうか。……がんばってな」

清澄はふたたび手元に視線を落とす。ぷつぷつとかすかな音を立てて、糸が布から離れていく。うつむき加減の額にかかる前髪も、皮膚も、まだ新品と言っていい。

この子にはまだ何十年もの時間がある。男だから、とか、何歳だから、あるいは日本人だから、とか、そういうことをなぎ倒して、きっと生きていける。

「七十四歳になって、新しいことはじめるのは勇気がいるけどね」

清澄がまっすぐに、わたしを見る。わたしも、清澄を見る。

でも、というかたちに、清澄の唇が動いた。

「でも、今からはじめたら、八十歳の時には水泳歴六年になるやん。なにもせんかったら、ゼロ年のままやけど」

やわらかな絹に触れる指が小刻みに震えてしまう。そうね、という声までも震えてしまいそうになって、お腹にぐっと力をこめた。


準備体操を終えて、すこしぬるいシャワーを浴びる。シニアコースのコーチの女性は、まだ三十代だという。つるつるしていて、笑顔がかわいくて、イルカみたいだ。

よろしくおねがいします、という参加者の声がプールの壁や天井に吸いこまれる。

シニアコースの参加者はぜんぶで八名、いずれも女性だった。どういうかっこうでレッスンを受ければいいのかわからず、受付のところで販売されていた半袖のシャツと半ズボンみたいな形状の黒の水着を買ったのだったが、いざ体操室に入ってみると参加者の水着はてんでばらばらだった。競泳用と思《おぼ》しきシャープなデザインの水着をまとった人もいれば、赤と白のハイビスカス柄にフリルつきなんていう、派手な人もいる。なんや、けっこう自由なんや。拍子抜けして、ちょっと笑ってしまった。なんにも考えずに、自分の好きな水着を選べばよかったのだ。

プールの反対側のコースではベビースイミングがおこなわれており、元気なコーチの声と子どもの笑い声が聞こえてくるが、それはとても遠かった。

天井に近いところに大きな窓があって、そこから入ってくる白っぽい光がプールの水面をきらめかせる。

足先を、ゆっくりと水に沈める。想像していたより生ぬるい。それでも水着の内側に入りこむ水はひんやりと感じられ、ぴくりと身がすくむ。

「まずは、端まで歩きましょう。ゆっくりでだいじょうぶです」

水の中で、一歩踏み出す。ふわりと浮く足を、しっかりと床につける。また一歩。歩きながら、プールサイドに視線を向ける。

あの日の自分が、そこで見ているような気がした。膝を抱えて縮こまりながら、楽しそうに泳ぐ人々を眺めていたわたし。犬みたいだと笑われたわたし。

孫が生まれて、もう若くないと感じていたあの時のわたしは、まだ五十代だった。今のわたしより格段に若い。

水をかきわけ、一歩ずつ、そろりそろりと進んでいく。今のわたしはでも、もう若くない。でも。でも、それがなんだというのだろう。

今なら言える気がする。それがなんやの？　言ってやる。大きな声で、胸をはって。

歩くたび、自分のまわりを覆っていたかたい殻が剝がれ落ちていくようだった。

水につかっていた手を上げたら、指先から白いしぶきが生まれる。ぱしゃりと水面を叩いたら、透明の玉がいくつも飛び出す。ああ、という声が喉の奥から漏れた。

ああ、きれいやなあ。

見上げると、水面の揺らめきが天井に美しい模様を描いている。プールの向こう側から聞こえてくる赤ちゃんの声は、愉快な音楽のようだった。

片手で水をすくってみる。窓から入ってくる光が濡れた皮膚を照らす。明るいところで見ると、わたしの腕にはいくつもしみが浮いている。手の甲にも皺がいくつも刻まれている。

でも恥ずかしくはなかった。七十四年の歳月をともにしてきた、自分の身体。

もう一度プールサイドに目をやる。縮こまってこっちを見ている犬は、もうそこにはいなかった。

第五章　しずかな湖畔の

十台のミシンが一斉に稼働すると、家が揺れる。

一階が縫製工場で、二階が自宅になっているのだ。たまに「騒音とかすごいんちゃう？」と他人に訊かれることがある。

すごいかと問われれば、なるほどたしかにすごいとしか答えようがない。なんせ揺れるぐらいだから。けれどもその音をうるさいと感じたことは一度もない。生まれた時から子守唄のように、いや生まれる前から、母の腹の中でこの音を聞いてきたのだ。ミシンに合わせて家が踊っているみたいでいっそ愉快ですらある。

時計の針は午後一時すこし前をさしている。休日と休憩はしっかりとってくれ、と口酸っぱく言っているのだが、うちの従業員たちはいずれもじっとしていられない性分で、いつも俺が思うよりはやく休憩を切り上げて作業をはじめてしまう。黒田縫製は、働き者のあつまりなのだ。もっともひとりだけ例外がいるが。

音はもとより、ミシンが動くのを見ているのが好きだ。おさない頃からずっとそうだった。コントロールペダルを踏むとせわしなく上下する針と天秤。そこにするすると飲みこまれていく美しい生地はしなやかな蛇のようで、思わずぞくりとする。糸巻きは雪にはしゃぐ犬だ。いつまでもリズミカルにはね続ける。

見るのはいいが、ぜったいに触ってはいけない。縫製工場の社長である父は、おさない俺にくどくどと言い含めた。とても危険なものだからと。その「危険なもの」を意のままにあやつる工場の女たちは、凶暴な獣を従えた魔女のようだった。

魔女たちは仕事の合間に、いれかわりたちかわりに二階に上がってきた。おかずの入った保存容器を置いていったり、小学校に持っていくための手提げを縫ってくれたりもしたし、時にはホットケーキを焼いてくれた。

「おいしいですか？　坊ちゃん」なんて冗談交じりに俺の頭をなでたり、「奥さんが生きていればねえ」と涙ぐんだりする魔女もいた。白くて細いからという理由で級友に「エノキダケ」というあだなをつけられたことが知れわたるや否や、差し入れのおかずの品数が増えた。期待に応えて身体が大きく育つことはなかったが。

母は俺を産んで半年後に病死した。愛情深い魔女たちは、母のいない子をどうにもほうっておけなかったらしい。公私混同になってしまうからと父が拒んだにもかかわらず、「みんなの子どもですよ」と勝手に主張し、熱心に世話を焼いたという。

テレビの上には今も写真が飾ってある。病院のベッドの上で、猿みたいな赤ん坊の俺を抱く青白い頬をした母。

その隣には、魔女に囲まれた父の写真がある。玄関前で俺が撮影した。父の病気が発覚するすこし前だからもう二十年近く前だ。この時はもちろん肝臓に腫瘍があるなんて知らなかったし、遺影に使用することになるなんて想像すらしていなかった。

『株式会社黒田縫製』という木製の古めかしい看板がきれいにおさまるように全員に腰を屈めるよう指示を出したら、魔女たちはブーブー文句を垂れた。看板なんかどうでもいいから自分たちをきれいに撮ってくれ、というわけだ。

死んでから「先代」と呼ばれるようになった父は、今日も写真立ての中でちょっと困っているような、照れているような、いかにも中途半端な微笑みを浮かべている。

階段をおりたところで、腕組みした浜田さんが待ち構えていた。昼休みのあいだに着替えを済ませていたらしい。俺を見るなり眉根をぎゅんと寄せる。

「遅いですよ、社長」

「君の準備がはやすぎるんや」

腕時計はぴったり午後一時をさしている。だんじて遅刻ではない。

黒田縫製の従業員は六十代と七十代がほとんどだが、去年中途採用で入ってきた浜田さんは三十代だ。ひとりで平均年齢を大幅に下げている。

いわゆるシングルマザーというやつで、たまに子どもをここに連れてくる。保育園では、熱が三十七度五分を超えると預かってもらえないのだ。

作業室の納戸を掃除して、浜田さんの子どもを遊ばせておくための部屋にした。おかげで雑然としていた納戸には今やピンクのプレイマットが敷かれ、壁にはアンパンマンのポスターがはられている。魔女たちはひさしぶりに子どもの世話ができてうれしいのか、浜田さんに「病気やなくても毎日ここに連れてきたらどーお？」などと無茶を言う。

庭に出て、まぶしさに目をつむった。いつのまにか通り雨が降ったらしい。芝生の草にまとわりついた雨の雫が日光を反射して、透明のビーズをばらまいたようだった。

九月に入ってからというものなぜか雨ばかり降る。夏に入る前にきれいに刈っておいた雑草が、もう青々と茂っている。敷地をとりかこむ金網に沿って伸びた朝顔の蔓《つる》の先に新しい花が開いていた。自分はまだこんなにも元気だと訴えるかのように。

「どうします？」

「いつもみたいに、適当にポーズとってくれるか」

浜田さんはちいさく頷いて、外壁に片手をついた。Aラインのワンピースの裾が揺れる。深みのあるボルドーは秋に似あうが、暑さの残る庭ではすこし重たい。

ちいさな画面の中の浜田さんと目の前の浜田さんを交互に見つつ、撮影のタイミングを見極めようとする。

「売れ行き、どうですか？」

「順調やで。モデルがええからな」

浜田さんがフフン、と鼻を鳴らす。

「社長は、おせじがへたですね」

父が社長だった頃は、メーカーの下請けの仕事しかしていなかった。服飾の専門学校を卒業してすぐに会社を手伝うようになったが、父の保守的な経営ぶりにはおおいに不満を持っていた。なにか新しいことをやりたい、と鼻息だけはずいぶん荒かった。

新しいデザインを生み出す才能やセンスが自分にないことははなから知っていたが、それを商売として成立させるにはまた別の能力が必要なことも知っていたし、自分にはそれがあるとも思っていた。

そうしてはじめたのが、オリジナル商品の販売だった。父が死に、自分が社長となったと同時にちょうど無職だった全をデザイナーとして雇い入れた。

大阪市内の数軒の店に委託している他は、ネットショップでの販売が主で、会社全体の売上で見れば一割にも達していない。全の給料を考えると採算が合わない。道楽と揶揄《やゆ》されることもある。

モデルやカメラマンを雇う余裕はない。撮影は自分ですればいいだけの話だが、さすがに商品は自分で着るわけにはいかない。全は「サイズ的には問題なさそうやけどなあ」などと俺の身体に服を当てたりするが、冗談じゃない。服の良さを引き立ててこそのモデルなのだから。

その点、パート募集の面接にやってきた浜田さんは手足が長く、どんな服でもかっこよく着こなしそうに見えた。もちろん外見だけで採用したわけではないけれども。

「その服、どう？」

正面とはべつに、後ろ姿、横向きの姿も撮影する。

「着心地はいいですよ」

トリプルガーゼと呼ばれる、三重織りの生地を使っている。ふわふわと肌触りが良く、洗うたびに肌になじむ。

立体裁断にこだわったのは全ではなく俺だった。どうせなら父がこれまでやってきたこととは違うことをしたかったのだ。もちろん大量生産の衣服を否定したいわけではない。それぞれに良さがあるのだが。

「買うんなら、社員割引で安うしとくで」

「いや、買いませんよ」

にべもなく断ってから、いちおう、という感じで「あたしはこういうナチュラル系の服は着ませんのでね」とフォローみたいなことを口にする。

ナチュラル系。そっけない浜田さんが、最大限気を遣ってチョイスした表現なのだろう。もしかしたらほんとうは「つまらない服」ぐらいのことは思っているのかもしれない。日常的にロックテイストな衣服を好む浜田さんに向かって、なんて阿呆なことを言ってしまったのか。つまらない。そう思っているのは、じつは俺自身かもしれない。全がつくる、ガーゼのワンピースやブラウス。「ナチュラル」で、着心地が良さそうで、悪くはない。でも。

三十枚ほど撮ってからうつりを確認していると、浜田さんも画面をのぞきこんでくる。花のような、くだもののような匂いが鼻腔をくすぐる。同じ顔や身体つきの女がひとりとしていないように、匂いもまたそれぞれ違う。ただそれだけのことが、子どもの頃はふしぎだった。今でもそうだ。

「社長、その曲」

浜田さんが唐突に顔を上げたから、かなり近い位置で見つめ合うかっこうになった。華やかな顔立ちをしているし、なにより若い。一般的には「若い女」ではないのかもしれないが、自分よりは十以上も若い。

「いつもその曲ですね。社長の口笛」

しっずかな湖畔の森のかげから、ってやつですよねそれ、と浜田さんは歌ってみせた。無意識のうちに口笛を吹いていていたらしい。

「好きなんですか、それともそれしか吹けないいんですか」

さあ、と首を振りながら、カメラをケースにしまった。答えたくなかったわけではなく、どちらにも該当しない。

「社長、ついでにもういっこ質問していいですか」

「あかん」

質問していいですか、と前置きしてから発せられる問いは、たいていはろくでもないものと相場が決まっている。

「なんで今まで結婚しなかったんですか、これからする気はあるんですか」

だめだと言ったのに無視するし、しかも質問がふたつだ。

「余裕がないんや」

「経済的な？　精神的な？」

作業場の窓から古株の従業員の幸田さんと和子さんの顔がのぞく。にやにやしながらこっちを指さしている。

あのふたりが浜田さんをけしかけているのは知っている。一度、「社長、再婚相手におすすめやで」「人柄はうちらが保証するわ」などと浜田さんを囲んで騒いでいる現場に居合わせて、なんとも気まずかった。

ふたりを軽く睨んでから、浜田さんに向き直る。

「どっちの余裕もない。今は毎月養育費を届けなあかん子のことで、頭がいっぱいでね」

「養育費」

「うん。せやから、とりあえず誰とも結婚する気はない」

「離婚して三年になりますけど、あたしのもと旦那が養育費を払ったのは最初の一回こっきりでしたね」

「そうか」

「よかった。正直、あたしももう結婚はこりごりなんです」

戻りますね、と浜田さんが作業場を顎でしゃくる。

「うん。ありがとう」

玄関へ向かっていく浜田さんの背中を、その軽やかな足取りを、静かに見守る。胸の内に広がるこのしみじみとしたものは断じて恋情ではなく、どちらかというと共犯者の親しみだった。幸田さんたちの件は、彼女にとってもおおいに負担だったのだ。いや、あやうく好きでもなんでもない男とくっつけられるところだったのだから負担を通りこして恐怖ですらあったかもしれない。

これからは幸田さんたちになんとけしかけられても「社長本人からきっぱり『結婚する気はない』と言われました」と答えることができる。

俺のことをかつて「黒田縫製の社員みんなの子ども」と呼んだ幸田さんや和子さんは、その俺がまだ結婚していないことが不満でたまらないようだ。浜田さんが「結婚はこりごり」などと言おうものなら「それは前の相手が悪かったからや」「今度はうまくいくって」とかなんとか無責任な発言を連発するだろう。あるいはもっと正直に「タイプじゃないんで」などと言ったらば、彼女らのことだから「あら、社長はええ男よ」「そうよ、わたしらみんなで育てた子なんやから」と気色ばむに違いない。

そやかてわたしら社長が心配なんよ、というのが幸田さんたちの掲げる正義である。ずっとひとりでおると、いざという時心細いでしょう。子どもってかわいいですよ、家族っていいもんですよ。そんな言葉はもう聞き飽きている。家族はいいものだ。子どもはかわいい。そんなこと俺だって知っているが、いまひとつピンとこないのだからしかたない。妻がいて子がいて、というイメージの中心に自分を据えてみようとすると、どうにも焦点がぼやける。それはたぶん「家庭に向いていない」ということではないのか。

工場の窓が開いて、ミシンの音が大きくなる。両手をメガホンのようにして、幸田さんが「社長」と叫ぶ。

「全さんがまだ戻って来てません」

またか。返事のかわりに息を吐く。軽く片手を上げてから、くるりと身体の向きを変える。

黒田家自宅兼縫製工場は川を背にしてL字型に建っている。庭をはさんで敷地内に建てられたIの字の建物は、かつては社員寮として使われていた。関西一円の高校に求人を出して、新卒の社員を採用していた景気の良い時代もあった。和歌山出身の和子さんも、かつてはここに住んでいた。

いちばん多い時には五人の女子社員の靴を収納していたつくりつけの靴箱には、今は全のスニーカーだけが無造作にほうりこまれている。

靴を脱いで、隅に寄せて、きっちりきっちりそろえる。自分が所有している家屋に入るだけでなにもここまでしなくてもと我ながら呆れるが、習慣というものはどうしようもない。シャツについたインクの染みのようなもので、容易には消せない。

今は五部屋あるうちの三部屋は物置と化していて、廊下のつきあたりとその手前の部屋を全が使っている。

ノックもなしにいきなりドアを開け放ってやった。天井からつりさげられた、柄も素材もさまざまな布が窓から入る風に揺れながら、御簾《みす》のように全の姿を隠している。布をかきわけ、大きな声で名を呼んだ。

「もう昼休み終わっとるぞ、働け」

我が社の専属デザイナーであるこの男は、床に大の字になったまま返事もしない。

「なにをしてるんや」

カーテンを見てた、と全は目をぱちぱちさせる。カーテンを揺らす風の動きを見ていた、と。

全が上体を起こし、あくびをひとつしてから立ち上がる。その動作にかけた時間、およそ一分である。もう自分も中年なのだからこんなことにいちいちいらいらせずにゆったり構えて待つべきだ。その決意を、身体がいともたやすく裏切る。気づいたら自分の太腿を手でぴしゃぴしゃ叩いてしまっていた。全が「せわしない男やのう」とでも言いたげに眉をひそめる。

全とは、服飾専門学校で知り合った。俺はデザインを学びたいというより会社を継ぐために服飾の世界についてひととおり知っておきたいという理由で入学したのだが、全は違った。デザイナーになりたい、という夢を腕いっぱいに抱えて、ぽろぽろこぼしながら歩いているような男だった。

ミシンのあつかいもデッサンの腕も、とびぬけてというほどではないものの目立っていた。学校内のコンテストでは、いつもなんらかの賞をとっていた。

学校主催のショーは年に四度開かれたが、人気投票で多くの票を集めるのも全の作品で、いつだって俺は教室の隅からそれをまぶしく見つめていた。嫉妬する気持ちがすこしもなかったといえば嘘になるが、「黒田はペンケースとかかばんの中をきっちり整頓しててえらいなあ」とか「黒田ってたまごやき焼けるんや、すごいなあ」と邪気のない笑顔を向けられたら、もう妬むことすらばかばかしくなった。

歩きながらスケッチをする癖のせいでしょっちゅう車に轢《ひ》かれそうになったり、財布を置き忘れるか落とすかして頻繁に一文無しになったりする全の世話をあれこれ焼いているうちにいつのまにかコンビみたいにあつかわれはじめて、どちらかが不在の時は「あれ、相方は？」などと訊かれるようにすらなっていた。

けれども目の前にいる全は、もうあの頃とは違っている。頼りなさだけはそのままであることがすこぶる腹立たしい。

くたびれたスニーカーに足をつっこんでいる全の腹のあたりにカメラをぐっと押しつける。

「新作のワンピースの画像、さっき撮っといたから。ネットショップの新作のところに追加しといてくれ。俺は今から出かける」

「うん。わかった。やっとくわ」

怠惰だが、無能ではない。教えたことはひととおりこなせる。

「どこ行くの」

「忘れたんか、今日は給料日や」

返事がない。振り返ると全はうつむいて目をごしごし擦っていた。聞こえなかったのか。聞こえないふりをしているのか。どっちだ。いったいどっちだ。また手が自分の太腿に伸びる。

「……ああ」

ようやく、ちいさな声が聞こえた。所在なげに両方の耳たぶを引っぱっている。

「いつも、すまん」

「べつに」

顔を背けてドアを開けると、庭をまっすぐにつっきるようにしてアオスジアゲハが飛んでいくのが見えた。

今月は決算月だから、税理士からそろえておくように言われた書類がいくつもあった。銀行を二軒と、府税事務所と市役所をまわったら、もう午後四時過ぎだった。スーツの内ポケットにしまった封筒を今一度たしかめてから、駅に向かって歩き出す。

養育費を届ける相手がいると浜田さんに話したのは、嘘ではない。（全の）ふたりの子に、（全の給料から差し引いた）養育費を（全の代理で）毎月、届けている。

最初は全が自分で届けていた。ふたりの顔を見たいから、とかなんとか言って。そのくせ、たった一度娘に拒まれたというだけの理由で「あかんわ黒田、俺もうあの家には行かれへん」と泣き言をもらした。

振込にするとか、金を渡す方法は他にもいろいろあったはずなのだが、なんだかんだで俺がかわりに届けてやることになった。

ちゃんと行ってきたという証拠に、毎月子どもらの写真を撮って全に送る。水青《みお》は小学校の高学年になった頃から、あからさまに俺を避けるようになった。俺を、というか写真を撮られることが嫌だったようで、それからは清澄《きよすみ》の姿だけを撮影するようになった。

歴代の携帯電話やスマートフォンには今も清澄の画像がたくさん保存されている。全に送ったらさっさと消してしまえばいいのだが、消せない。

消せないどころか、たまにそれらの画像をとっくり眺めてしまうことがある。寝つけない夜や、ひどく酔った時などに。

全の息子であって、俺の息子ではない。それなのに酒を飲みながらスライドショーなんかで成長の記録を追っていると、うっかり涙ぐみそうになる。育っていくものはひたすらに尊く、まばゆい。

去年だったか、かつての同級生で同じく独身だった男が突然結婚した。理由は「急に自分の子どもが欲しくなったから」。老後がどうとかも言っていたような気がする。

結婚したいとも子どもが欲しいとも思えないのは、こうやって中途半端に父性的なものを満たしてしまっているせいなのかもしれない。

水青は二十三歳、清澄は十六歳になる。養育費と言っても裁判で取り決めたわけではなく、全があくまで「そうしたいから」と払っている金であるから、いつまで続けるものなのかもわからない。清澄が大学を卒業するまで、あるいは、二十歳になるまで。その頃には、この奇妙な役目も終わる。

「結婚するから」

二十年以上前に、全は俺に向かってそう宣言した。けっこん、と発音する唇も、膝に置かれた両手も、小刻みに震えていた。

全は、アパレルメーカーに勤めはじめて三年目だった。当初はデザイン室ではなく営業に配属されたことに落胆していたが、それでも服にかかわる仕事ができてうれしそうだった。

あの日全を震えさせていたものは、いったいなんだったのだろう。不安か。それとも、喜びだったのか。

宣言通り全は結婚し、子が生まれ、七年後にもうひとりの子が生まれ、まもなく離婚し、なにを思ったかついでに会社まで辞めてしまった。抜け殻みたいにぼんやり生きているところを拾いあげて黒田縫製に雇い入れて、現在に至る。

税理士からは「全に払っている給料がもったいない」という趣旨の説教を毎月のように食らう。そこまではっきりとは口にしないが「辞めてもろたら？」の方向性で攻めてくるのを、どうにか今日までかわしてきた。

そういえばあの税理士の先生、父の代からずっと世話になっているけど、もう八十歳近いのではなかろうか。顔を合わせるたび、ごま塩頭を振り振り俺たちの関係を嘆く。

「だいたい四十過ぎた大の男ふたりが職場も住むところもべったり一緒やなんて、そら社長、嫁も来ませんわ。家庭をもってちゃんとした一人前の男にならな」

あの先生も幸田さんも和子さんもみんな俺が結婚をせず、彼らが言うところの「半人前」のままであるのは、全のせいだと思っている。「ただの同級生ってだけで、そこまで面倒見てやる必要ある？」と眉をひそめる。

幸田さんと和子さんは俺に甘い。甘いというか、美しい誤解というべきか。「社長がやさしいのは知ってるけどなあ」なんて眉を下げたりもする。けっしてやさしさなんかではない。同情して拾ってやったわけではない。
ただ、待っているだけなのだ。

全の別れた妻と娘と息子が住む家は駅からほど近い場所にある。うちの最寄り駅から数えてふたつ分、市境は越えるが、その気になれば歩いてでも行ける。げんに清澄は小学生の頃に一度、自転車で訪ねてきた。

京阪電車の高架と交差するように流れている川からは、いつもほんのりと生臭いような臭いがする。ぱしゃんとなにかが跳ねる音がして、見ると水面にいくつもの輪ができていた。かきまわされた土が水を濁して、跳ねた生きものの正体は摑めない。

小学校の夏休みには毎年、母方の祖父母の家に遊びに行っていた。湖の近くの、静かな町だった。湖には怪物がいるという噂があった。ネス湖のネッシーの何番煎じかわからないようなつくり話を本気で信じていた。滞在しているあいだずっと湖の前で待ち続けたものだった。水辺を歩くと、いつもそのことを思い出す。

松岡家の玄関の前には、大量の観葉植物の鉢が置かれている。まめに手入れをしている雰囲気もないのに、みな力強くその枝や芽を伸ばしていて、ちょっとした植物園の様相を呈していた。

ひときわ大きな観葉植物の陰から、清澄がぬっと姿を現す。ぎょっとして立ち止まった。

「裁縫道具と端切れを渡しといたら、いつまでもひとりで遊んでる子なのよ」

いつだったか、全の義母であった人がそう話していた。父親に似たんだなと感心したが、こうして見ると外見はあまり全に似ていない。

いや、すこしだけかつての全に似ているかもしれない。やわらかい物腰ながら、周囲の空気を揺らすようなエネルギーを秘めていた、あの頃の全。

「黒田さん」

向かい合うと、思ったより高い位置に顔があった。家の前の植物と同じく、どこまでも伸びていく。

「このあと時間ある？　ちょっと相談したいことがあって」

「ああ」

そんなことを言われたのは、はじめてかもしれない。

「ええよ、べつに」

封筒を渡す、ただそれだけで、用事は終わる。全のかつての義母は俺を出迎えるなり「いつもすみませんねえ、さつ子も黒田さんには感謝してますよ」と頭を下げる。はたしてそれはどうだろうか。全のもと妻は俺と顔を合わせると不吉なものでも見たように顔を歪ませる。

駅前に「喫茶　レモネード」という看板を出している店があったから、清澄を伴って入った。店名を目にした瞬間「注文できる飲みものがレモネード一択だったりして」という不安に襲われたのだったが、ちゃんとコーヒーも紅茶もメニューに載っていた。

「黒田さんって、ちゃんとした大人なんやな」

席につくなり、清澄がわけのわからないことを言い出した。

「だって僕が話があるって言うたら、なんのためらいもなくここに連れてきたやろ」

立ち話で済むような内容ではなさそうだと判断した、ただそれだけのことなのだが。

「まあ、お前ら高校生はいつも道端とかで喋ってるんかもしれんけど」

「ちゃうねん、お父さんと一緒におる時はこういうところには入らへん。金がない、とか言うて」

「全と比べたら、たいていの人間は『ちゃんとした大人』や」

あいつの金銭感覚はおかしい。底のすり切れたようなスニーカーを履いているくせに、募金箱に数万円つっこんだりする。どこまでも歪で、ほうっておけない。

「うん。それもそうかも」

清澄は何度も頷いて、運ばれてきたコーヒーをまずそうに飲んでいる。砂糖もミルクも入れずに、いったいなにを大人ぶっているのか。

「うちの姉ちゃん、来月結婚式なんやけど」

「知ってる。おめでとう」

「ドレスつくってあげるって約束したんやけどな。ちょっと難航してんねん」

「……貸衣装の安いとこ、紹介したろか？」

市販のやつはあかんねん、と清澄が唇を尖らせる。レースがついているのが嫌だ、袖がないのが嫌だ、身体の線が出るのが嫌だ、となんだかんだと注文が多いらしい。

清澄が、スマートフォンの画面をこちらに向ける。本人曰く「姉ちゃんの希望通りに」仕上げたというドレスの画像を一瞥して、すぐにスマートフォンを押し戻した。

「ただの給食着やないか」

「やろ？　でも姉ちゃんはこれでいいって言うねん」

水青が言う「これでいい」ドレスと清澄が思う「姉をいちばんきれいに見せる」ドレスは遠く隔たっている。でも姉の意見を全否定して自分が選んだものを押しつけるようなことはしたくない。ふたりの意見が交わる点をうまく見つけろというようなことを水青の夫となる男も言っていた……ふんふんと相槌を打ってはいるが、この話がいったいなんの相談に行きつくのか想像がつかない。

「姉ちゃんはファッションとかそういうものに疎すぎて、伝えかたがわからんのやと思う。用語とかも知らんし、僕もそのあたりをうまく聞き出す方法がわからへんっていうか……僕の言うてることとわかる？」

「概《おおむ》ねは」

首を伸ばして、今一度清澄のスマートフォンをのぞきこむ。見れば見るほど、素人仕事だ。

「ほんでな、お父さんに手伝ってもらおうとしたのに、あの人嫌やって言うねん」

全を説得してほしい。それが、清澄から俺への「相談」だった。

「お父さん、『今さら父親面でけへん』とか言うて遠慮してるみたいやねんけど、こっちはべつになんとも思ってないから。父親としてやなくて、一介のドレスにくわしいおじさんとして気軽に協力してくれたらいいし」

「一介の、てお前」

まあ、言うだけ言うてみるわ、と受け流して伝票を摑んだ。

ほんとうに遠慮しているのだろうか。案外、めんどくさいだけなのかもしれない。

学生の頃、全が学校に来なかったのでアパートに様子を見に行ったことがあった。チャイムを鳴らしても返事がなかった。

鍵のかかっていないドアを開け放ったら、全は床に這いつくばるようにしてデザイン画を描いていた。チャイムの音も俺の声も聞こえなかったのだという。

次から次へと新しいデザインが浮かんできて手がまったく追いつかないと、もどかしそうだった。卒業制作のドレスをつくる時には三日三晩寝ないで作業をして、脱水症状を起こして病院に運ばれた。俺はそんな全が薄気味悪くもあり、あほやなあと呆れる気持ちもあり、けれども心底、尊敬していた。

なにをもって良い人生とするかは人によってさまざまだろうが、俺にとってのそれは所有する財産などではなく、情熱の有無によって決まる。追い求めるものがある人間は日々虚しさを抱えることがない。葛藤や焦燥はあれど。全にはそれがあった。

あいつに会って、あらためて実感した。新しいデザインを生み出す人間は、なるほどこの世に必要だろう。でもそれを世の中に流通させるにはパターンを起こし、布を裁断し、縫製する多くの人間の手が同じように必要で、そして自分はその多くの人間を支えられる。そこに力を尽くそうと決めた。全の中で燃えている情熱に比べたら、他人の目にはつまらなくうつるかもしれないけれども。

俺は待っている。あの頃の全が戻ってくるのを。湖の底で眠る怪物が目を覚まし、水面を波打たせる瞬間を。静寂を紙きれみたいにびりびり引き裂くような咆哮《ほうこう》を上げるのを。ずっとずっと、もう何年も、待ち続けている。

「こんどの土曜日、あいつら来るから」

夕飯の途中で告げると、全はぴたりと箸をとめた。

「あいつら?」

「お前の娘と、息子や」

なんで、と言いかけて、はげしく噎《む》せた。背中をさすってやる気にもなれず、目を逸らしてグラスを呷る。

社長、毎日全さんのためにお夕飯つくってるってほんまですか？　このあいだ、浜田さんにそう訊かれた。「そうや」と答えたらば、腹を抱えて笑っていた。

「奥さんみたい」

料理は単なる趣味のようなものだし、ひとり分よりはふたり分のほうがつくりやすいし、全はほうっておくと乾パンを齧って食事を済ませてしまうような男だし、栄養失調になられたら社長として困る。

「雇い主としてのつとめや、これは」

全さんのこと、大切にしてるんですねえ。浜田さんはしきりに感心していた。大切というのもすこし違うのだが、自分にとって全がどんな存在であるのかを他人に正確に説明するのは、とても難しい。

「お前は、水青ちゃんのウェディングドレスを、キヨと一緒につくるんや。ええな」

あれから電話でもう一度清澄と相談して、説得するより強引に押し切るほうがいい、という結論に達した。

「わかったな。もう決定やで」

全はうつむいて、箸を置いてしまう。今日はなじみの鮮魚店で、ひときわ輝いている太刀魚を手に入れた。塩加減も焼き目のつきかたも絶妙だ。ぜひとも熱いうちに食してもらいたいのだが、全はそれどころではないようだ。「でも……」とか「自信が……」とかなんとか言って、畳のささくれをぶちぶちむしっている。

「全、たぶんこれが最初で最後やと思うわ。お前の息子がお前に頼ることもお前がそれに応えてやれることも」

清澄は全に金の無心をしない。金がないと知っているからだ。進路の相談もしないだろう。頼りない大人だと知っているから。

「助けてやれよ」

「でも」

「助けてやってくれ」

自然と、頭が下がった。全が驚いたように息を呑んだ、その空気をつむじのあたりで受けとめる。

太刀魚を焼きながら、ずっと昔のことを思い出していた。全が「ひとりで行く勇気がない」と言い出して、しぶしぶついていった清澄の小学校の運動会のこと。

徒競走の列に並ぶ清澄は、離れたところからこっそり見ている俺たちにめざとく気づいた。足がはやいとは言い難かった。けれども、必死で走っていた。

追い抜かれそうになって焦ったのか、清澄は足をもつれさせて転んでしまった。でもちゃんとひとりで起き上がって、最下位でゴールした。

全身砂まみれで、膝から血を流している清澄は、涙を必死でこらえているような顔でこっちに向かって手を振ってみせた。

「頼む、全」

これぐらいしか、してやれない。

黒田がそこまで、と言いかけた声はなぜか、ひどく掠れている。全がふたたび箸を取る物音が、やけに大きく聞こえた。


玄関のドアを開けたら、濡れた草の匂いがした。最近やけに雨が多い。約束した時間ぴったりにやってきたふたりは、言葉少なに傘をたたんでいる。全もまた、いつも以上に無口で無表情で、ほとんど眠そうですらある。

一緒に入ってきたはずの清澄の姿がない。どうも工場がめずらしいらしく、あちこち見てまわっているようだ。水青はよほど心細いのか、応接室のソファーの手すりに摑まるようにしてうつむいていた。

つまさきで全の足を蹴る。よほど驚いたらしく、ソファーの上で身体が軽く跳ねた。

「ひさ、ひ、ひさしぶりやな」

滑稽《こっけい》なほどに声を裏返らせて、全がようやく娘に声をかける。まともに顔を合わせるのは、数年ぶりのことだろう。

「うん」

会話とも呼べないような会話が、すぐに途切れる。重い空気に耐えきれず、まだうろうろしている清澄を呼び戻した。

清澄が取り出した仮縫いのドレスを、ボディに着せかける。実物を見てもやはり「給食着」という印象は変わらない。仮縫いはこれが二着目だという。一着目はすでに「納得いかなくて」ほどいてしまったらしい。

「ちなみにこれが着たとこ」

清澄のスマートフォンの画面の中で、できそこないのドレスを着せられた水青が不機嫌そうに眉根を寄せていた。

「……ドレスにこだわる必要はないんやで」

花嫁も花婿もタキシード姿の、海外の結婚式の写真を見たことがある。水青はしかし「紺……相手のお母さんが、ぜひ花嫁姿を見たいらしくて。だから」と首を振る。そんなもの無視してしまえばいいと思うが、これからつきあっていく相手の要望となるとそうもいかないものなのか。

「でも水青ちゃんは、ドレスを着ることに抵抗があるわけやろ？」

膝を折った清澄が、給食着の裾をしきりに引っ張っている。そうすれば、なにかヒントが見つかると信じているみたいに。

しっかりしていて、堅実。悪く言えば地味。かたくな。水青からはいつも、そんな印象を受ける。

きつく唇を結んでこちらをまっすぐに見ている化粧っ気のないこの娘は、美しく装うことをなにかちゃらちゃらした行為のようにとらえているのかもしれない。

そうなんか？　と問うと、水青が顔を上げた。

「そんな単純な話ではありません」

ドレスに罪がないことは知ってます、と続ける。罪ときたか。ずいぶんおおげさな言葉を使う。

「でも、リボンやレースやフリルやビーズの装飾も、身体の線が出るかっこうも、とにかく自分には似あわない気がするし、着てると落ちつかないんです」

「でも、とにかくドレスを用意せなあかん、そういうことやな？」

「そうです」

「そうです」

清澄と水青の声がそろった。

「ちょっとどいて」

ふいに放たれた力強い声が全のものだと、最初わからなかった。全は清澄を押しのけてボディの前に立つと、引きはがすようにしてドレスを脱がしはじめた。

部屋を出ていった全はやがて、大量の生地を抱えて戻ってきた。

「こっち来て」

　壁際の鏡の前に、パイプ椅子を引っぱっていって、水青に向かって手招きした。水青がおずおずとそこに腰かける。

「同じパターンでも、生地でずいぶん変わるんやで」

　水青の肩にふわりと、シルクの布がかけられる。真っ白な生地が滝のようにまっすぐに床に垂れ下がった。

「どう？」

「……ちょっと苦手」

　全は、そうやろな、と呟き、今度はジョーゼットの生地を重ねる。薄く透けて、やわらかく身体に添う。

「そしたら、これもあんまり気に入らんのちゃう？」

「うん」

　鏡の中で、水青の眉根がぎゅっと寄る。

「じゃあ、次。これは『タフタ』っていうねん」

　ぱりっとしたはりのある、美しい布だ。縫製の加減で、おもしろい陰影を生むだろう。しかし水青はかたくなに首を振る。

「たぶん、光沢のある生地が苦手なんやな」

チュール、シフォン、オーガンジー。つぎつぎと水青の肩に重ねられていく。さきほどこの娘は「似あわない」と言ったが、そんなことはない、どれもよく似あう。

けれどもきっと、そういう表面的な問題ではないのだ。

「落ちつかない、はあかんな、水青。その感覚は大事にしたほうがええ」

全がコットンリネンの布を水青の肩にかける。指先が触れないように気をつけていることが、動きでわかる。ただそれだけのことなのに、胸がぎゅっと痛んだ。

「他人の目にかわいらしくうつるのは、けっこう簡単なことやねん。女の子って基本みんなかわいいからな。存在自体がかわいい。けどな、本人が着とって落ちつかへんような服はあかん。座っとるだけでいらいらして、肩に力が入ってしまって、疲れてしまう。疲れると自分で自分が嫌いになる。良うないわ水青、それは良うない」

全がこれほど長い言葉を一度に口にするのは、ひさしぶりかもしれない。

足元が揺れるのを感じる。水面が震え、湖畔の木々がざわめき、吹いてくる風に鳥肌が立つ。

「これはガーゼ」

水青の眉間からいつのまにか力が抜けている。ためらいがちに指を伸ばして、布地に触れた。

「ふわふわしてる」

「うん、気持ちいいやろ」

そのやわらかさと軽さから、ガーゼはよくベビー服に用いられる。吸湿性に優れ、重ねれば暖かい。

ガーゼの生地がボディに巻きつけられた。全は口に咥《くわ》えたピンをつぎつぎと留めていく。平面の布は、つままれたり、折りたたまれたりしながら、自在にかたちを変えていく。ギャザーが生まれたと思ったら今度は、プリーツが出現する。花が咲く。風をはらんだカーテンのように膨らむ。平面の布がまたたくまにドレスのかたちに変化する。どこにもはさみを入れることなく。

隣に立っている清澄は、目を大きく見開いて父親の手元を注視していた。

「黒田」

ボディに向かったままの全から呼ばれ、思わずびくりと身体が震えた。

「幸田さんか和子さんか、誰でもええから呼んで。採寸してほしい」

和子さんはつかまらなかったけれども、幸田さんはすぐに電話に出た。わけを話すと、すっ飛んできた。

俺と全と清澄は応接室から追い出され、廊下で待たされている。中から幸田さんの「あんたが全さんの娘さん！　へえ！」とか「お勤めは！　塾！　まあ！」という大きな声が聞こえてくる。ひとりでも十四人分ぐらいやかましい。

全がぶつぶつ言いながらスケッチブックをめくりはじめた。机まで歩く時間が惜しいのか、床にしゃがみこんでいる。そのまま這いつくばるようにして、鉛筆を走らせはじめた。

いっさいの装飾のないドレスだった。トラペーズラインと呼ばれる、裾に向かって台形に広がるシルエット。襟は控えめなＵの字を描いている。長袖のカフスは大きめにとられていて、クラシカルな印象を与える。

左右非対称な裾は三角形をかたちづくる。下にもう一枚、スカートを重ねるつもりのようだ。シンプルでいて、地味ではない。カジュアルな素材を用いても、くだけすぎない。きっとあの子の良さを引き立てるドレスになる。

「全」

おかえり、と言うべきか迷った。どうにも芝居がかっているような気がして、口に出すのは照れくさい。でも、どっちにしろ今の全の耳には届かないだろう。


全はそれから、ぶっ続けで裁断と縫製をおこなった。幸田さんの連絡を受けて駆けつけた従業員ふたりがミシンを手伝った。わいわいがやがやとかしましくなる。

通常、仮縫いはシーチングを用いるが、全は実際のドレスの生地をいきなり使うと言った。たしかにそのほうがはやいし、無駄がない。清澄は作業に参加したいようで、全のまわりをうろうろして、みんなから「ちょっとどいて」を連発されていた。

「座っとけや」

見ていられず、腕を引いてソファーに座らせた。

「水青ちゃん、ちょっともう一回着てみて」

水青が幸田さんに呼ばれていって、応接室にふたりきりになった。

所在なげに、清澄が部屋を見まわす。応接室、といってもめったに客など来ない。棚には生地見本や雑誌が無造作につっこんであるし、そのほとんどが薄く埃をかぶっていた。

「僕とおばあちゃんは仮縫いまで何か月もかかったけど、あの人たちは一日でできんねんな」

清澄が放心したように呟いた。

「あたりまえや。プロやぞ」

わああ、というような声が聞こえてきて、部屋をのぞきにいった。

幸田さんたちと全が下僕のようにひざまずいており、すっくと立つ水青は童話のお姫様のように気高く、美しく見えた。

自分に合った服は、着ている人間の背筋を伸ばす。服はただ身体を覆うための布ではない。世界と互角に立ち向かうための力だ。

清澄が頬を紅潮させて、駆け寄っていく。なにごとかを言ったようだったが、聞きとれなかった。全がこれまたなにごとかを言い返して、それから清澄の頭に触れた。髪をかき乱された清澄が、ふわりと表情をゆるませる。

声が出ない。唇が乾いて、口を開いたらばりばり裂けてしまいそうだ。ほんの数メートルの距離が果てしなく遠い。

徒競走で転んで、砂まみれの姿でこっちに手を振っていた清澄。その瞳は、まっすぐに全だけを捉えていた。中途半端に満たされていた父性のようなものはやっぱり「のようなもの」でしかなくて、彼らが笑いあう輪の中には、ぜったいに入ることができない。そう思い知らされる。

結婚するということ、親になるということ。「ピンとこない」という理由で、どちらも追求することなく今日までやってきたけれども。自分の現状に不満があるわけではないのだけれども。

応接室に引き返して、静かにドアを閉める。

涙が出てしまいそうな気がした。気がしただけだ。こんなことでいちいち泣くわけがない、子どもじゃあるまいし。けれどもけれども言っていたって、過去は変えられないんだから。

ドアが開いて、清澄が入ってくる。さっきまで頬を紅潮させていたのに、その表情は暗い。

「どうした」

「いや……結局、ドレス、自分の手でつくれんかったな、と思って」

隣に腰かけた清澄が、ふう、と息を吐いた。

「僕には、やっぱりまだ、はやかったんかな」

若者特有の感情の浮き沈みの激しさが鬱陶しくもあり、うらやましくもある。

棚から本を一冊抜き取って、清澄の膝に置いた。

「ホワイトワークって知ってるか？」

ホワイトワークは簡単に言えば、白い布に白い糸で刺繍を施す技法だ。色を使わない素朴な装飾なら、水青の好みに合いそうな気がする。

「刺繍に関してなら、全よりお前のほうが上ちゃうか」

「……そう？」

清澄の頬が、ふたたび紅潮する。

「他の本も見ていい？」

「もちろん」

民族衣装のデザインや伝統の刺繍や織物についての本ははんぶん趣味はんぶん仕事であつめていた。

日本の文様をあつめた図案集を、清澄は立ったまま熱心にめくっている。

「気に入ったんなら、持っていってもええから」

返事はなく、かわりに「ゴゴゴゴ」という音が響き渡った。腹か。今鳴ったのは、お前の腹か。

立ち上がって上着を羽織ると、清澄がふしぎそうな顔を上げる。

社長のおごりならば寿司だ、いや焼肉だとわいわい騒いだあげく、近所の中華料理屋に落ちついた。みんな一緒に座れるはずもなく、テーブルふたつとカウンターにわかれた。

そう仕向けたわけではないが、カウンターに座ったのは全と、水青のふたりだった。清澄は俺の隣でめずらしそうに壁のメニューを見上げている。

両者神妙な顔つきで、いったいなにを話しているのだろう。そう思ってから、そんなことは俺が干渉するべきではないと思い直す。

家庭に向いていない者同士が、なんとなく一緒にいる。自分と全の現在の暮らしについて、そう考えていた。でも全には血を分けた子どもがふたりもいる。「よくわからないけど向いてないかも」で今日まで来た俺との違いは、とてつもなく大きい。

「黒田さん」

ふいに、清澄が口を開いた。

「あの、いろいろありがとう」

ドレスをつくったのは全と幸田さんたちだ。礼なら彼らに、と言いかけたのを「そうやなくて」と遮られる。

「そうやなくて、お父さんのこと」

今までずっと、ありがとう。頭を下げられて、困った。なにを、とうまく発音できなかった。どうしても唇が震える。

「なにを言い出すかと思ったら」

「ありがとうって僕が言うのもおかしいけど、でも、良かったなと思って」

自分は姉や母や祖母と暮らしていて、けれども父はひとりきりで、それが子どもの頃から気になっていた、という清澄の話を聞き取るのに、だいぶ身体を傾けなければならなかった。隣の四人掛けのテーブルに陣取った幸田さんたちがビールを飲んでもいいのか、餃子は何人前にするのかと騒いでいる。店のテレビの音が聞こえないぐらいの声量で。

「俺は養う家族もおらんし、全ひとりぐらい、その、べつに……けど全にはお前ら家族がちゃんとおるし……」

喋りながら、頬がゆっくりと熱を帯びていく。自分でもなにを言っているのか、なにが言いたいのか、ちっともわからなくなってきた。

清澄がゆっくりと瞬きをした。お前ら家族って、と口の中でもごもご呟いてから、首を傾げた。

「お父さんの家族は黒田さんやで」

「え？」

声が裏返ってしまい、ますます頬が熱くなったが清澄はまるで気にしている様子がない。

「毎日一緒にごはん食べてて、心配とかしてくれて、これからも仕事とかいろいろ、一緒にやっていくって決まってて……そういうのを家族って呼ぶんちゃうかな」

あの人たちもやろ、と幸田さんたちのほうに顔を向ける。

「あの人たちも、黒田さんの家族やろ」

幸田さんたちのテーブルでギャーという声が上がる。餃子のたれにラー油を入れ過ぎたとかなんとか、そんな他愛ないことでよくあんなに騒げるものだ。

「それに、僕の家にはお父さんはおらんけど」

やかましい幸田さんたちに気を取られているふりをしながら「ああ」と相槌を打つ。

「外にはお父さんがふたりおるような感じがしてたし、なんていうか、ちょっとお得感があったな。黒田さん、運動会とかも見にきてくれたし。あ、黒田さんはもう忘れてるかもしれんけど」

答えようとしたら「おまたせしましたー」と湯気のたつ炒飯の器が置かれて、もうなにも言えなくなってしまった。喉の奥からせりあがってくる、この熱いかたまりを飲みこんだら、後でちゃんと「覚えてるよ」と伝えよう。覚えているに決まっていると。

中華料理屋の前で解散した。ドレスは来週いっぱいで仕上げると全は約束し、水青と清澄は駅に向かって歩いていく。

「そしたら社長、全さんも、また月曜日に」

「うん。ありがとう」

幸田さんたちは最近ブロッコリーが高いの、もやししか買えないのとまたもややかましく喋りながら、帰っていく。

ふたりになると、みょうにしんとしてしまう。微妙に距離をとりながら川沿いの道を歩いていく。

うす水色とオレンジと白の三層になった空に、灰色の雲が模様を描いていた。並ぶ家々はただの黒い輪郭になり、コンビニや自動販売機の光が、まぶしく目を射る。空の色を飲みこんだ川はサテンの布のきらめきに似ている。

「なあ、黒田」

背後を歩いていた全に呼ばれて、振り返った。

「ネットショップに出してるあの、秋冬のあれ、商品追加するとしたらまだ間に合うやろか」

「そんなん、いつでも追加できるけど」

「そうか。そうやな」

ははは、という笑い声が鼓膜を打つ。スケッチブックのまっさらな頁をめくるような声だった。

「なにを追加する気や」

「うん。ちょっとな、今日水青のドレスをつくりながら、ちょっと新しいスカートを思いついた。ワンピースに重ねて着てもいいし、単体でも着られるようなやつ」

他人の目にかわいらしくうつるのは、けっこう簡単なことやねん。女の子って基本みんなかわいいからな。存在自体がかわいい。けどな、本人が着とって落ちつかへんような服はあかん。座っとるだけでいらいらして、肩に力が入ってしまって、疲れてしまう。疲れると自分で自分が嫌いになる。

全は水青に向かって、たしかそう言っていた。ナチュラル系、と浜田さんが評したワンピース。なんにも考えずにただ無難なものをつくっているのかと、勝手に思いこんでいたけれども。

無意識のうちに口笛を吹いていた。しずかな湖畔の森のかげから、もう起きちゃいかがとかっこうが鳴く。湖の底の怪物は眠ってなんかいなかったたし、その胸で燃える情熱も消えてなどいなかった。

「黒田、お前……口笛うまいんやなあ」

まるで今はじめて聞いたかのように、全が目を丸く見開いている。

第六章　流れる水は淀まない

針に通した白い糸を目の高さに持ち上げて、指でぴんと弾いた。糸が揺れる時、一緒になにかが揺れる。「なにか」がなんなのかは自分でもよくわからない。「心が揺れる」というのとも違う。しいていえば世界かもしれない。僕がいる、見ているこの世界全体が、ほんの一瞬姿を変えるのだ。ほんのすこしだけ。でも確実に。

ガーゼを三重に重ねた白いドレスはふわふわとやわらかい。このあいだ本を読んでいたら「春先につもる雪のような」という表現が出てきて、そのことにすこし驚いた。このあたりでは春先はおろか真冬でも雪がつもることはほとんどない。僕には見たことのない世界がいっぱいある。白いガーゼに触れるたびに、そのことを思い出す。

針を刺し入れようとして、やっぱりそこで手がとまってしまう。最初のひと針を入れようとするたび、こうなる。

おーい。おーい。襖の向こうから呼ばれていることに気がついた。「清澄《きよすみ》くーん」と声は続く。そんなふうに僕の名を呼ぶ人は今のところひとりしか存在しない。顔を上げると、すすすと襖が開いた。紺野さんが顔をのぞかせる。

「ごめん、返事がなかったから。勝手に開けた」

「すみません。考えごとしてたんで」

姉の婚約者が家に来ていることを、今の今まで忘れていた。それはつまり、紺野さんがすでにすっかりうちになじんでしまっている、ということだ。祖母は「ちょっと、お皿出してくれる？」なんて自分の孫みたいにあつかうし、母もじつに気安く「あんた」なんて呼びかけたりなんかしている。

居間からテレビのクイズ番組らしき音が漏れ聞こえてきた。それにかぶせるようにして、姉の笑い声も。

「入ってもええかな」

「どうぞ」

ここは祖母の部屋なので「どうぞ」と僕が言うのはおかしいのだが、あいにく部屋の主である祖母は留守だ。最近「マキちゃん」という人と仲が良い。今日も「夜遊び」をすると宣言して夕方からいそいそと出かけていった。七十代女性ふたりの夜遊びの詳細はわからないが、最近の祖母がやたら溌剌《はつらつ》としていることはまちがいない。

「これが、清澄くんがつくったドレス？」

紺野さんは上体をぐっと反らせて、ボディに着せられたウェディングドレスに見入っている。一週間後の日曜日、姉はこれを着て紺野さんと結婚式を挙げるのだ。

「違いますよ。僕がつくったわけではないんです」

姉から「レンタルのドレスはきらびやか過ぎて、どれも着る気がしない」という趣旨の愚痴を聞かされたのは、春頃のことだった。だったら姉が気にいるようなドレスを僕がつくってあげようと決心したのだ。ドレスを縫った経験などなかった。知識もなかった。でもやってみたかった。母はいつものように「やめとき」と言ったけど、なんの根拠もなく自分ならできると思いこんだ。

「でも、だめでした」

どうにもならなくて、父を頼った。僕が一歳の時に母と別れてこの家を出た父。会うたび「金がない」とぼやく父。実年齢より若く見える（つまりなんだか頼りない）父。

でも黒田縫製に行った時の父は違った。父と父の職場の人たちは、ほぼ一日でこのドレスを縫い上げた。

ボディに巻きつけた布を父がちょこちょこっとピンで留めただけで、布は自由自在にかたちを変えた。父の手はオーロラのようなドレープを、雲のようなフリルを、何度でも、何とおりにも、手品みたいにつぎつぎと生み出した。いつものふわふわした眠たげな口調もなりをひそめて、あとからやってきたおばさんたちにてきぱきと指示を出す父はまるきり僕の知らない人だった。

「すごいと思いません？」

「うん、すごいな」

ノースリーブが嫌。かわいすぎるのは嫌。とにかくキラキラしてるのは嫌。

そんなんドレスちゃうわ、と僕が鼻白《はなじろ》んだ姉の要望を、父と父の職場の人たちは一度も否定しなかっただけでなく、正確にその意図を酌《く》んでこのドレスを縫い上げた。

ワンピースと呼んでも差し支えないほどシンプルでカジュアルなデザインと風通しの良いガーゼの素材は、人前に出ることが苦手な姉の緊張をきっとやわらげてくれるだろう。

「でも、仕上げは清澄くんがやるんやろ？」

自分の手でドレスを仕上げられなくて落ちこんでいた僕に、黒田さんが「刺繍を入れてみては」というアドバイスをくれた。

黒田さんは父の雇い主というか、相棒というか、そんな感じの人だ。僕にとってはある意味、父以上に父のような位置づけの人物でもあるのだが、その微妙なニュアンスを紺野さんに説明できる気がしない。すくなくとも今は。

「図案のことで、まだ悩んでるんです」

とにかく「無難」を重んじる姉を尊重して、裾のあたりにだけごく控えめに野の花を刺繍しようと思っていた。白い糸で、近くで見るとそれとわかる程度にさりげなく。でもなにかが違うような気がして、まだひと針もすすめられずにいる。だって僕がしたい刺繍は、そして姉にふさわしいのは「無難」なんかじゃないはずだから。

「でも、式はもう一週間後やで」

「そうなんですけど……」

ドレスはこのままでじゅうぶんすばらしいできばえだ。僕の刺繍で台無しにするようなことがあってはならないと思うと、なおさら手が動かなくなってしまう。

もう時間がない。刺繍を入れるにせよ、入れないにせよ、はやく決めなければならないのに。

口ごもってしまった僕をちらりと見て、紺野さんが咳払いをひとつした。

「質問してもいい？」

「どうぞ」

「そもそも、どういうきっかけで刺繍はじめたん？　いや、前から男子の趣味としてはめずらしいんちゃうかなと思ってて」

あ、おかしいとか言うてるわけではないねんで、とぐいぐい身を乗り出してくる紺野さんを「わかってます、わかってます」と押し戻した。刺繍をはじめたきっかけは、祖母がやっていたから。でももちろんそれだけではない。

「刺繍は世界中にあって、それぞれ違う特徴があるんです」

紺野さんが「へえ、そうなん」とふたたび身を乗り出す。

「たとえば日本にはこぎん刺しっていうのがあるんですけど、これってもともと布を丈夫にして暖かくするために糸を重ねたのがはじまりらしくて」

「ほう」

「あとね『背守り』って知ってます？　赤ちゃんの産着の背中に刺繍する習慣があったんですって。いわゆる魔除けです。鶴とか亀とかね、そういう図案を」

「ほう、ほう」

紺野さんが大きく頷く。姉はきっとこの人のこういうところを好きになったんだろう。自分がものすごくおもしろい話をしているみたいで、悪い気はしない。

日本だけじゃない。ルーマニアのある地方では、娘が生まれるとすぐにその子の嫁入り道具のシーツや枕カバーに刺繍をはじめる。インドには「ミラーワーク」と呼ばれる鏡を縫いこんだ刺繍の技法がある。鏡が悪いものを反射して身を守ってくれる、と考えられているのだ。

「刺繍はずっと昔から世界中にあって、手法はいろいろ違うのに、そこにこめられた願いはみんな似てるんです。それってなんか、おもしろいでしょ」

世界中で、誰かが誰かのために祈っている。すこやかであれ、幸せであれ、と。

高校生になってからいろいろな刺繍に関する本を読んだりしているうちに、もっとくわしく刺繍の歴史を知りたいと思うようになった。そこにこめられた人々の思いを、暮らしを、もっと知りたいと。

人に話すのはこれがはじめてだった。目標というほどたしかなものではなかった欲求が、言葉にした瞬間に輪郭を得た。そうか僕はそんなふうに考えていたのかと、目を瞠《みは》る。輪郭をよりくっきりとしたものにしたくて、もう一度口に出した。

「知りたいんです、もっと」

「すごいなあ。壮大やなあ」

「いや、壮大って、そんな」

「壮大な弟ができてうれしいわ」

そこまで屈託なく喜ばれるとこっちが恥ずかしい。身体の向きを変えて、じわじわ熱くなる頬を見られないようにした。

開け放したままの襖から、母がふいに顔をのぞかせた。僕らの話を聞いていたのだろうか。けっして目を合わせようとせず、ココアがふたつのったトレイを捧げ持って入ってくる。お湯を注ぐだけのインスタントのやつで、母は以前からそれを「味はそんなでもないけど簡単なのがええ」と愛飲している。

「ありがとうございます」

紺野さんが正座した姿勢のまま、頭を下げた。母はドレスには一瞥もくれずに、トレイを紺野さんの脇に置いた。

「清澄くんってすごいですよね。お母さん」

母はなにか言おうとして、はげしく咳きこむ。風邪をひいたらしく、数日前からずっと咳をしているし、日を追うごとにその咳ははげしさを増している。

でも「だいじょうぶか」と僕は訊ねないし、母もけっして僕のほうを見ない。涙目のまま、口元を押さえて部屋を出ていってしまった。

「お母さん、だいじょうぶかな」

「あの人、風邪でも仕事休まへんから。なんの意地か知らんけど病院にも行かへんし」

だから治りが遅い。毎年のことだ。だいじょうぶかな、なんて心配する気にもなれないし、それに母のことだから良いタイミングで咳が出てくれたぐらいに思っていそうだ。紺野さんの「すごいですよね」に答えずに済むから。

「母は嫌いなんです。僕が刺繍するのが」

なんでそんなわざわざ悪目立ちするようなことすんの、というのが母の言いぶんだ。僕が学校でからかわれたり、いじめられたりしないか、ずっとそんな心配ばかりしている。

紺野さんはあいまいな微笑みを浮かべて黙っている。僕と母のどちらの肩を持っても角が立つ、といったところだろうか。

実際、中学生までの僕はいつもひとりだった。母や祖母を心配させないように、高校に入ったら友だちをつくるためにがんばってみようと思ったこともある。でも自分の好きなことを好きではないふりをするのも、好きではないことを好きなふりをするのも、すごくさびしい行為だと気づいた。だから僕は刺繍をやめなかったし、無理して周囲に合わせるのもやめた。だけど。

畳の上に投げ出したスマートフォンが点滅している。宮多が「ひまー」というメッセージを送ってきた。「こっちは忙しい」と返すと即座にパンダが泣いているスタンプが表示される。

僕は刺繍をやめなかった。だけど、友だちは残った。

熱いココアがおいしくて、あらためて季節が変わったことを知る。春が来て、夏が過ぎて、秋になった。冬を待たずに、姉はこの家からいなくなる。

紺野さんは先週のうちに新居となるマンションに引っ越したという。姉もすこしずつ荷物を運び入れていたが「式が済むまではこの家にいるつもり」と話していた。でもなんだかんだで結局、明後日からマンションに移ることにしたという。

「姉ちゃんをよろしくお願いします」

「うん。水青《みお》ちゃんとずっと仲良く暮らしていく」

紺野さんの目尻がふっと下がって、やわらかい顔になる。「壮大ではないけど、それが俺の夢」なんて言っているけど、簡単に叶う夢でもない。家族になったから自然に「ずっと仲良く」暮らせるわけじゃない。僕はそれを知っている。

「キヨ、それとって」

母が顎をしゃくった先にある醤油さしを、無言で押しやった。夕飯を囲むテーブルはいつもと同じなのに、なぜか今日はみょうに広く感じられる。

今しがた、家を出ていく姉を見送ったばかりだ。三つ指をついて「今までお世話になりました」みたいなしみじみした挨拶をするのかと想像していたが、実際には「じゃあね」「うん」というじつにあっさりとしたやりとりののち、コンビニにでも行くような雰囲気ですたすたと歩いていってしまった。

母はふいに出る咳を警戒しているらしく、おそるおそるごはんを口に入れたり、ちびりちびりと味噌汁を飲んだりしている。

「おばあちゃんも今頃ごはんかな」

「そうちゃう?」

祖母は昨日、旅に出た。件のマキちゃんと一緒かと思っていたら、なんとひとり旅だそうだ。温泉に入ったり、滝を見たり、するらしい。「今までやってなかったことぜんぶやりたい」と意気込みを語っていた。

「結婚式の前の、このタイミングで行かんでもええのに」

すこぶる不満そうに、母が眉根を寄せる。

「ええやんか、べつに。金曜か土曜には戻るって言うてたし」

だいいち結婚式を挙げるのは姉であって、祖母ではない。

「お母さんこそ、結婚式の前に風邪治したほうがええんちゃうの。病院行けば？」

「わかってるわ、そんなこと」

行けるんだったらとっくにそうしてるけどどうしても仕事は休めない、という強固な主張に内心首を傾げる。そんなにも休めない仕事って、いったいなんなのだ。

はあ、とわざとらしいため息をついて、母がこめかみを押さえた。

「キヨはいつでもおばあちゃんの味方やね」

正直、めんどくさい。はやいところ席を立とうとおかずやごはんを押しこむようにして食べていたら母が「もっとよう噛みなさい」と眉根を寄せた。

「おばあちゃんが旅行に出発する前にわざわざつくってくれた、ありがたいおかずなんやから」

この人の言葉は小石みたいだ。ひとつひとつはほんとうにちいさくて、ぶつけられても怪我はしない。だけど立て続けに投げつけられるのはごめんだ。

「……なにが言いたいの？」

母は答えない。目すら合わせない。視線をたどっていくと、どうも僕のシャツの胸ポケットを見ているらしい。正確には、ポケットからはみ出ている袋を。

「あんた、それ……」

「あ、これ？」

ポケットから取り出した巾着袋は皺になってしまっていた。手のひらで伸ばして、広げて見せる。

保育園に通っていた頃にコップ入れとして使っていた袋だ。たしか祖母が縫ってくれたと記憶している。紺色のギンガムチェックの布に、ミシン刺繍で「まつおかきよすみ」と名前が入っている。

さっき「端切れの箱」を漁《あさ》っていたら、これが底のほうに紛れこんでいた。端切れの箱に入れられた布はためし縫いに使ったり、ちょっとした拭き掃除に使ったりしていいことになっていて、めいめい着古したTシャツなんかを放りこむ。

「それ、また使う気なん?」

ぎゅっと眉根を寄せているところを見ると、箱に入れたのは母なのだろうか。すこぶる機嫌悪そうに「あんたそんなに」と言いかけて、咳きこんだ。「そんなに」なんだと言いたいのだろう。涙目になった母が「やっぱ調子悪いわ。寝る」と立ち上がったから、その続きは聞けなかった。

目が悪くなるから夜は針仕事をしてはいけない。祖母はいつもそう言うけど、昼間は学校に行っているのだから、どうしたって夜になる。

時計の針はすでに午前一時をさしている。もちろんまだひと針も刺せないままだ。なにもできないならせめて寝たほうがいいんだけど、切り上げるきっかけが摑めない。ドレスの前に座りこんだまま、ただ時間だけが過ぎていく。

巾着袋から取り出した目薬をさして、しばらく目を閉じる。

僕が通っていた保育園は、コップ入れだけではなくすべての袋ものについて幅や紐の長さが指定されていて、それらをすべて保護者が手作りしなければならないという決まりがあったそうだ。いつだったか、祖母が「それ聞いたさつ子が怒ってねえ」と思い出し笑いしながら話してくれた。

「あの子、保育園に直談判したんよ。『どうして購入したものではいけないんですか、これを手作りすることが愛情のしるしだなんておかしくないですか』ってね。まあ結局聞き入れてもらえんかったから、わたしがぜんぶ縫うたんやけどね」

なにかに手間をかけることが愛情や真心のあかしだと思わないでほしい、というのが昔からの母の言い分だ。以前、上司に「お礼状は真心を伝えるためにぜったいに手書きで」と言われた時も帰宅してからずっと文句を言っていたし、姉が学生の頃バレンタインデーに友だちとお菓子を交換するからとチョコレート入りのマフィンだかクッキーだかをつくっていた時も「何百円か払えば普通においしいのが買えるのに」と呆れていた。

巾着袋を見て、苦い記憶がよみがえったのだろうか。ぎゅんと皺の寄った母の眉間を思い出しながら、部屋を出た。

裸足で踏む廊下の床がひんやりとつめたくて、またたくまに体温を奪われる。忍び足で台所にたどりついて、冷蔵庫からミネラルウォーターを出した。コップに口をつけた瞬間に母の部屋から咳が聞こえてきた。なかなかとまらない。一瞬途切れたかと思ったらまたはじまり、時折「うええ」というような苦しげな声が差し挟まれる。襖越しに声をかけたが、返事がない。

「開けるで」

豆電球のオレンジ色の明かりの下で、母は身体をくの字に折っている。

「どうしたん？」

呼吸するのもやっと、という様子の母が口を開く。い、た、い、というかたちに唇が動くが、声は出ていない。背中を支えた瞬間、その体温の高さに驚いて手を引っこめてしまった。

「どこが痛いの？」

返事のかわりみたいに母の目から涙がぼろぼろこぼれ落ちるのを見て腰を抜かしそうになった。この人が泣くなんて、ただごとではない。ぜったいに風邪なんかじゃない、もっと良くない病気にかかっているに違いない。

「きゅ、救急車、救急車呼ぶわ」

僕の腕を摑んで、ぶんぶんと首を振る母の喉から「ヒイイ」という痛ましい音が漏れて、頭が一瞬真っ白になる。

どうしよう。

どうしようどうしようどうしよう。

おばあちゃん、と呼ぼうとして、旅行に行っていることを思い出す。姉もいない。この家には母と僕のふたりきりなのだ。

震える手でスマートフォンを摑んだ。いちばんに顔を思い浮かべたその人はとっくに寝ていたらしく、カスカスに掠れた声で「もしもし」と電話に出た。

「黒田さん？　ごめん、こんな時間に」

「なんの用や」

死ぬほどめんどくさそうな声に臆しつつも、なんとか状況を説明した。

「ああ」

「救急車は呼びたくないらしくて、でも今にも死にそうな咳してるし、どうしよう」

「どうしよう。なあ、どうしたらいいのこれ」

「ああ、うん。待て」

ごそごそ、という音がする。ややあって黒田さんが「メモをとれ」と言った。二十四時間営業のタクシー会社の電話番号を教える、と。

「タクシー呼んで、救急に連れていけ」

「わ、わかった」

「……ひとりでだいじょうぶか？」

すこし考えて、「うん、だいじょうぶ」と電話を切った。「ありがとう」と言いそびれたことは、後になってから思い出した。

こんな時間なのにタクシーはすぐに来てくれたし、病院の夜間通用口には煌々《こうこう》と明かりがともっていた。そのことがみょうに心強い。

「あんた」

タクシーを降りる段になって、母が声を絞り出す。

「え、なに？」

「うわぎ」

言いかけて、また咳きこむ。うわぎがどうしたんだろう。背中をさすってやりながら、自分が部屋着である長袖のTシャツの上になにも羽織ってきていないことに思い至った。夜の風がむき出しの首筋を冷やす。

気が動顛《どうてん》していて自分のかっこうまで気がまわらなかった。いつのまにか母はスウェットの上下の上に厚手のカーディガンを着こんでいる。満足に喋れもしないような状態なのに息子の上着のことなんか心配しないでほしい。

まだなにか言いたげな母の背中を押して病院に入っていく。さいわい診察中の患者はいなかったらしく、母はすぐに看護師に付き添われて診察室に消えていった。

照明を半分落とした薄暗い待合室には、六十代ぐらいのおじさんがひとりきりで座っていた。

長椅子の隅で背中を丸めていたが、なぜか僕を見るなり一瞬ぎゅーんと伸びあがった。思わず身構えてしまったが、おじさんはすぐにまたもとの姿勢に戻る。

長椅子はひんやりつめたくて、そこに腰をおろすときゅうに心もとなさに襲われた。やっぱり黒田さんに来てもらえばよかった。どうして「ひとりでだいじょうぶ」なんて虚勢を張ってしまったんだろう。もし僕ひとりで受けとめきれないような重い病気が発覚したら、いったいどうすればいいのかわからない。

落ちつこう、とにかく。そう、あたたかい飲みものでも飲んで。心に決めて腰を浮かせた時、廊下に母の姿が見えた。でもそれは一瞬のことで、すぐに看護師につきそわれてどこかの部屋に消える。なにか、特殊な検査でも受けているのだろうか。

震える手で自動販売機に小銭を投入する僕を、おじさんがまたじろじろと見つめ出した。猛烈に気が散って、あたたかいミルクティーが飲みたかったのに間違えてつめたい緑茶のボタンを押してしまった。買い直すのも腹立たしくて、両手のひらで転がして温めようとこころみる。

ようやくいくぶん生ぬるくなった緑茶をちびちびと啜っていると、看護師さんが出てきた。僕に向かって手招きする。さっきお茶を飲んだばかりなのにもう口の中がからからに乾きはじめていた。はい、と返事をする声がひっくりかえってしまう。

「お母さん、肺炎やったで」

「肺炎……肺炎ってあの、肺炎ですか」

あのもそのもないのだが、看護師さんは「そう、あの肺炎やで」と頷いただけだった。職業柄へんな質問には慣れているのかもしれない。

「とりあえず入院やね。でも命にかかわるような話ではないから安心しなさい」

とても小柄な人だ。僕を見上げて「びっくりしたやろ。でももうだいじょうぶやで。あ、寒いから中に入って待つ？　だいじょうぶ？　あ、そう。僕いくつなん？　しっかりしてるなあ、えらいなあ」と目尻を下げるから、まいってしまう。えらいなあと言われるほど子どもじゃない。たしかにちょっとびびってはいたけど。ミルクティーと緑茶を間違えたりもしたけど。

診察室から母が出てきた。入院の準備ができるまでとりあえず、と通された二階の部屋のドアには「処置室」というプレートが掲げられている。ベッドは二台あったが今のところ母の他にこの部屋を使用する人はいないようだった。

ベッドに横たわるなり、母が深いため息をつく。点滴の針を刺すためにまくりあげられた腕の内側が、驚くほど青白かった。身体にかけられた薄い毛布はらくだ色で、足元のカゴにはいつのまにか、母のカーディガンがきれいに折りたたんだ状態で入れられている。

「肺炎やて」

看護師さんが出ていくと、拍子抜けするほど緊張感のない声を母が発した。さっきより喋るのが楽そうだが、なんらかの処置を施されたのだろうか。それとも病名がわかったという安堵が声帯をなめらかにしているのだろうか。

い。

「びっくりしたー」

「こっちのセリフや」

死んだらどうしようかと思った、という言葉を、ぎりぎりのところで飲みこむ。縁起でもな
「しんどいなら仕事休んだら良かったのに、無理するから」

「毎月給料もらってくるだけが唯一の取り柄やもん」

フンと鼻を鳴らして母がそっぽを向く。天井からつるされたクリーム色のカーテンを食い入るように見ているが、それほど興味深い代物だとは思えない。すくなくとも母にとっては。

「だって、そんなん、身体……身体壊したら、意味ないやんか」

緑茶のペットボトルを握りしめる。べこん、という間の抜けた音がやけに大きく響いた。母がちらりとこちらを見る。目が合うとすぐに逸らして、薄い毛布を顎の上まで引き上げた。

「あんた、私のカーディガン着ときなさい」

「べつに寒くない」

「ええから着なさいって」

なかば意地になっているのか、点滴の管に繋がれた腕を伸ばしてカーディガンを取ろうとする母をあわてて押し戻す。

「わかった、わかった、着るから」

「風邪ひいたらどうすんのよ、もう」

「着るからもう動かんといてくれ」

カゴから乱暴にカーディガンを拾いあげた。ほんとうに、この人は。

「自分の心配してくれよ、僕のことより」

点滴が、ぽたりぽたりとおそるべき緩慢さで落ちていく。

「子どもの心配するのが親の仕事や」

母がまた咳きこんだ。咳の回数は減ったが胸の痛みはまだ消えないらしく、その顔が苦悶に歪む。

「お母さんもう黙っといて、頼むから」

小声でたしなめるが、母はまるで聞いちゃいない。

「親の仕事やからしかたがないの。あんたは私のこと口うるさいと思ってるんかもしれんけど」

もちろん思っているが、それは今伝えるべき事柄ではない。

「寝て、とにかく」

僕の言葉に、母は存外素直に目を閉じた。

もう片方の空いているベッドで寝たかったが、もちろん勝手にそんなことをするわけにはいかない。パイプ椅子の上で腕を組み、目を閉じる。母のカーディガンは僕にはちいさすぎて、着たらきっと伸びてしまう。膝にかけるだけにとどめる。

うつらうつらしながら、ごく短い夢をいくつか見た。誰かの自転車の後ろで揺られていたり、誰かの膝に座っていたりする、おさない頃の記憶の断片のような夢。椅子から落ちそうになって、はっと目が覚めて座りなおす。それを何度か繰り返して、いつのまにかカーテンの隙間から細く白い光が漏れていることに気づいた。

母が眠っているのをたしかめ、足音を忍ばせて処置室を出た。到着した時にはわからなかったが、病院は川沿いに建っていた。外来のロビーは大きなガラスばりになっていて、そこから川を見下ろすことができる。

朝日を受けた水面がきらりと光って、睡眠不足でしょぼしょぼになっている目が痛んだ。うつむいて目をこすり、ふたたび顔を上げた時、病院に向かって歩いてくる人の姿が目に入った。最初は人違いだと思った。ここに来てからずっと絶えまなく感じている心細さのせいで幻覚を見ているのでは、とも。でも違った。黒田さんはまっすぐに歩いてきて、ガラスにはりついている僕に気づくと、さっと片手を上げる。

いそいで通用口から出ると、黒田さんも早足で歩み寄ってきた。

「どうやった、さつ子さん」

「肺炎やて。今は寝てる」

点滴打って、明日またX線検査して、異常なさそうなら帰っていいらしいけど、と看護師さんから言われたことをそのまま伝える。

「おばあちゃんと姉ちゃんに連絡したほうがいいかな、このこと」

黒田さんの口が、呆れたように楕円のかたちに開く。

「あたりまえや」

「いや、最初に黒田さんに電話したし、そっから今までばたばたしとったし」

「……そうか」

ちょっと頰がゆるんだように見えたのは気のせいだろうか。僕の視線に気づいてきゅっと表情をひきしめる。食うか、と掲げた白い袋の中にはコンビニで買ってきたと思われるサンドイッチが入っていた。

病院の外のベンチに腰かけて、たまごサンドの包装をやぶった。肌寒い朝の空気の中で胃に入れるにはつめたすぎたけれども、なぜかぜったいに残してはいけない気がして、ぜんぶ食べた。

「肺炎なあ」

缶コーヒーに口をつけて、黒田さんがひとりごとみたいに呟いた。

「ものすごい顔して痛がってた」

こわかった。死んだらどうしようと思った。母の前で飲みこんだ言葉が勝手にこぼれ出た。

黒田さんがちらりと僕を見る。

「そんな簡単に人間死なへんわ」

「そうなん？」

「おう。死ぬ時はあっさり死ぬけどな」

なにそれ、と言おうとしてやめた。黒田さんのお父さんもお母さんももうこの世にはいない、ということを思い出したから。

「ひとりで、ようがんばったな。キヨ」

黒田さんは前を向いたまま僕の背中に手を伸ばして、数回ぽんぽんと叩いた。くしゃっと歪んでしまいそうな自分の顔を見られたくなくて、いそいで立ち上がる。川を眺めているふりをしてやり過ごす。

太陽の位置が変わったらしく、その水面はもう輝いてはいない。風が吹くたび、ゆるやかに模様を変える。河川敷で柔軟体操らしきことをする人や、犬の散歩をしている人の姿がちらほらと見える。

流れる水、と黒田さんが呟いたから、振り向いた。その視線は川に注がれている。たしかに水が流れている。だって川なのだから。なんでそんな遠回しな言いかたすんの、と言おうとしたけど「なんで」の途中で声が途切れてしまった。頭の中でなにかがちかりと光る。

流れる水、と言う黒田さんの声を、僕は以前にも聞いたことがある。でもその記憶は遠くて、なかなか焦点が合わない。くっきりと見えてこなくてもどかしい。たしかにそこにあるはずなのに。

「あのさ」

ふしぎそうに顔を上げた黒田さんの目が、まぶしそうにぎゅっと細められる。僕の背後で太陽がまた位置を変えたようだった。


X線写真によると母の肺にはまだ依然としてもくもくと白い影がうつっているらしいけれども、自宅での安静を条件に退院の許可が出た。祖母は旅行をはやく切り上げて帰ってくると言ったのだが、母がそれを拒んだ。どうも意地になっているらしい。

家を出たはずの姉は「お母さんが心配やから」とスーツケース片手に戻ってきて、こまごまと世話を焼いている。

「今週はずっと休みとってたし、ちょうどよかったわ」

休みをとっているのは、結婚式とその他諸々の準備のためのはずなのだが、姉はその休みを母の看病にあてる気満々なのだった。

「市役所の仕事、休まなあかんよ」

鍋のおかゆをかきまぜながら、姉が居間に敷いた布団に横たわっている母を振り返る。母は「わかってるって」とそっぽを向く。ほんとうは部屋で寝かせたほうが良いのだろうが、「テレビが見たい」と本人が主張するので、こうなった。

「なあ、姉ちゃん」

ボウルにたまごを割り入れながらこそっと話しかけたら、姉が「え？　なに？」とものすごく大きな声を出した。母に聞かれたくないからこその小声なのだが。

「明日、ドレスに刺繍入れるわ」

結婚式は日曜日にせまっている。髪のセットとメイクを頼むことになっている美容院に、土曜日にはドレスを預けなければならないらしい。今日が木曜日だから明日一日で仕上げないと間に合わない。もちろん学校は休むつもりだ。

「えー、ずる休みやん」

母がそれを聞きつけて「ちょっと、なんの話？」と布団から這い出てこようとする。「ええから寝といて！」と叫ぶ姉と僕の声がそろった。

「とにかく、もう決めたから」

「刺繍の図案が決まってないって言うてなかった？」

「うん。でも見つかった」

どうしても入れたい刺繍がある。僕のその言葉に、姉はちょっと驚いたように目を見開いた。

「……わかった」

そっと母を振り返る。布団にくるまった身体が、みょうにちいさく見えた。

朝はやく、こっそり身支度をして祖母の部屋に入る。

息を吸って、ゆっくり吐いた。針の数を数え、それからドレスに向かって一礼する。針を手に取る前の、いつもの儀式だ。

「キヨ」

音も立てずに襖を開けた姉が、ごく小声で僕の名を呼ぶ。

「ほんまにだいじょうぶなん？」

眉間に、ごく控えめな皺が寄っている。姉が心配しているのが「学校を休む行為」についてなのか、刺繍についてなのかよくわからないまま「だいじょうぶ」と断言した。それでも姉はしばらく、なにやらもじもじと両手をもむような仕草をしていた。

「えっと、なんか手伝うことある？」

ボタンつけができるかどうかもあやしい姉に頼めることは正直ないのだが、姉にしかできないことが、じつはひとつある。

「じゃあ、ドレス着て」

「今？　ここで？」

「うん。着た時にいちばんきれいに見えるように刺繍入れたいから。着た状態で刺繍入れていくわ」

着替えを終えた姉の足元にひざまずいて、ドレスの裾に針を入れた。やっぱりひと針目はちょっと勇気がいったけど、あとは勝手に手が動いた。

線を引くように、細長く重ねていく。あるものはまっすぐに伸び、その先でS字状にうねる。あるいはゆるやかなカーブを描いて、他の線とからみあい、また離れて伸びていく。

姉は立ったまま、僕の手元を凝視していた。見られていることに気づいたけど、ふしぎと緊張はしなかった。むしろ針をすすめるごとに気持ちが落ちついていく。

「白だけじゃなく、ところどころに銀色の糸を使いたいんやけど、嫌？　派手過ぎるかな」

「ええよ。思うようにやってみて」

意外な言葉に顔を上げると、姉はとてもやわらかい表情で僕の手元を見つめていた。

「ええの？」

「うん。キヨを信じる」

針を持つ指がかすかに震えた。白い糸で刺した線の上に、銀色の糸を重ねていく。

「ところで、これはなんの刺繍なん？」

「流れる水」

「どういう意味？」

流れる水であってくれ。たしかに、その声を聞いた。黒田さんの声でもあり、父の声でもあった。

あの時、ぜんぶ思い出したのだ。

小学四年生の頃、「自分の名前の由来を調べる」という宿題が出されたことがあった。母に訊ねたらとたんに不機嫌になって「知らん」とそっぽを向いてしまった。祖母に訊ねてもよくわからなくて、とうとうなにも書けないまま提出日を過ぎてしまった。

「宿題出してないの、松岡くんだけよ。明日、ぜったい持ってきなさい」

担任の先生に念を押されて、しかたなく自転車に乗って黒田縫製に行ったのだ。母も祖母も知らないのなら、あとはもう父しかいない。黒田縫製の場所はいちおう知っていた。以前に父に連れていってもらったことがあったから。

駅で言うと、ふたつぶん。自転車で走るその距離がとてつもなく長く感じられた。二学期の終わり近くの風の強い日で、空はざらざらした灰色だった。風が吹くたびハンドルを握る指が冷えて、感覚がなくなっていった。

ようやくたどりついたが、父は応答しなかった。あきらめきれずに何度もチャイムを押していると、自宅兼工場のほうから黒田さんが出てきて「全なら朝からずっと出かけとるで」と教えてくれた。

「どこに？」

「知らん。なにしに来た」

黒田さんはにこりともしなかった。子ども相手に愛嬌を振りまくような人ではないと知っていてもなお臆してしまい、うまく声が出せなくなった。

「まさか、家出か？」

黒田さんの眉間にぎゅっと皺が寄ったので、あわてて首を振った。かなりしどろもどろの説明になってしまったが、黒田さんは辛抱強く聞いてくれていたと思う。

「そうか。帰れ」

話を聞き終えた黒田さんはしかし、怒鳴るようにそう言い放ったのだった。

「え、なんで」

「ええから帰れ、今日は」

やっぱり怒ってる。半泣きで家に帰った。怒られる意味がわからなくて、ひたすら混乱していた。あたりはもうずいぶん暗くなっていて、焦りすぎてペダルにかけた足を何度も踏み外し、ようやく家についたら玄関先で母が待ち構えていて、僕が遅く帰ってきたことをひどく怒っていた。

でも次の日学校（宿題を出さなかったので、とても怒られた）から帰ったら、黒田さんが家の前で待ち構えていた。

「ちょっとええか、キヨ」

しばらく川に沿って歩いたところで、黒田さんはおもむろにスーツの内ポケットから折りたたんだ紙を取り出した。額に青筋が浮いていて、ものすごくこわかった。

「全に聞いてきたで」

「え」

「お前の名前の由来や」

紙はなにかの書類の裏紙らしく、「甲」とか「乙」とか言う文字が見えた。

「読んだるわ。ただし一回だけやぞ」

「ちょ、ちょっと待って」

「覚えろよ」

あわてる僕をよそに、黒田さんが重々しい咳払いをひとつした。その耳たぶはなぜか真っ赤に染まっていたことをよく覚えている。

「まずは水青が生まれた時のことから説明します。最初は姓名判断の本で見つけた『愛』という名前にしようと思っていました。ええ名前やし、みんなに愛される子になってほしいと思ったから。水青は難産でした。十時間ぐらいかかったと思います。分娩室の外で待っていると声が聞こえました。一般的に赤ん坊の泣き声はオギャーですが、彼女の産声はぜんぜん違った。川のせせらぎみたいに美しくてやさしかった。だから『川』とか『流』という文字を入れたかったのですが、さっちゃんがそれはなんか嫌やと言うので、水青にしました」

直立不動の黒田さんが「名前の由来」を読み上げる様子は、法廷ドラマで見た起訴状朗読の場面にそっくりで、通り過ぎる人がみんな怪訝な顔をしているのがわかった。

「清澄は、病院についてから三十分もかからずにするっと生まれて、でもやっぱり産声は流れる水の音みたいに聞こえました。キヨのほうがちょっとだけ流れの激しい川でした。その時もさっちゃんは『流』という字を入れることに猛反対しました。もしかしたら『流れる』という言葉になんとなく縁起の悪い印象を抱いたのかもしれません。もっと強そうな名前にしてほしいとも言われました。でもキヨ」

キヨ、のところで黒田さんがまた咳払いをした。怒っているわけではなくて、どうやら感極まっているらしいとその潤んだ目を見て気がついた。

「流れる水は、けっして淀まない。常に動き続けている。だから清らかで澄んでいる。一度も汚れたことがないのは『清らか』とは違う。進み続けるものを、停滞しないものを、清らかと呼ぶんやと思う。これから生きていくあいだにたくさん泣いて傷つくんやろうし、くやしい思いをしたり、恥をかくこともあるだろうけど、それでも動き続けてほしい。流れる水であってください。お父さんからは以上です」

以上です。二度言って、黒田さんは紙をポケットにしまうと、逃げるように足早に立ち去った。

そのことを話しているあいだ、僕は手を休めなかった。姉が壁の時計に目をやって「もう十一時」と声を上げた。ずいぶん長いあいだ、立ちっぱなしにさせていた。

「椅子持ってこようか。それか、ちょっと休憩する？」

「ううん、だいじょうぶ。けど、できればお母さんの様子見てきてほしい」

朝に一度、部屋に食事を運んだきりだという。襖を開けたら、居間から音量を絞ったテレビの音が聞こえてきた。足音を忍ばせて近づいていくと、母は倒した座椅子の上に横たわっていた。録画したドラマを観ているらしい。またこっそり戻ろうとしたら母がいきなり振り返って、ばっちり目が合ってしまった。

「キヨあんた、学校は？」

「えっと、や、休んだ、よ……」

もし母に訊かれたら毅然と答えようと思っていたのだったが、実際にはちょっと腰が引けてしまった。責め立てられることを覚悟していたのに、母は「あ、そう」とすぐにテレビに向き直ってしまう。

部屋に戻ってそのことを話すと、姉は「ふうん」と肩をすくめただけだった。

「お母さんっぽくないリアクションやと思わへん？」

「そう？　まあ、なんかいろいろ思うところがあるんやろ。お母さんにも」

それから、部屋の中を歩いてもらったり座ってもらったりした。注意深く、次に糸を足す場所にしるしをつけていく。

「もう、ドレス脱いでもええよ。ありがとう」

まだだいじょうぶだ、と主張する姉を残して部屋を出た。

僕だってまだやれそうな気がするけれども、あとになって疲れが出たら困る。自分の体力や能力を過信するとどえらい目に遭うというのが、今回母を見ていてよくわかった。

普段着に着替えた姉と、昼食を調達するためにコンビニに向かう。冬みたいに寒い日が続いたかと思ったら、今日は歩いているだけで額に汗が滲む。十月って、こんなに不安定な季節だっただろうか。

歩きながら姉が「さっきの名前の話、ぜんぜん知らんかった」とぽつりと呟いた。

僕も今まですっかり忘れていた。ようやく宿題を提出できた安堵に記憶が押し出されたのかもしれない。もっとはよ知りたかったわ、とむくれる姉から目を逸らして、川を眺めた。

記憶の中の風景のほとんどに、あたりまえのように川が流れている。

僕たち、おらんほうがよかった？　父と一緒に川を眺めていた時、ふいに浮かんだその問いを飲みこんだことがある。返事を聞くのがこわかった。でも僕や姉が生まれた時、父はたしかに「流れる水であってほしい」と願ってくれたのだ。

昼食を終えて、ふたたび針を持つ。姉に着てもらってだいたいのイメージが固まったから、あとはボディに着せた状態で刺繍を仕上げていく。

こめかみがずきんずきんと脈を打つ。何度も目薬をさしたが、痛みがおさまらない。ふたつおりにした座布団を枕にしてすこしだけ目を閉じた。

なんとなく覚えているのは、誰かが毛布をかけてくれたことだ。それから、誰かの手が頰に触れたこと。ちょっと目を休ませるだけのつもりが寝てしまったことに気づいているのだが、まぶたが重たくてどうにも開かない。起きなきゃ、起きなきゃ、と思っているうちに、襟首を摑まれるようにして、また深い眠りの世界にひきずりこまれる。

そんなことを何度か繰り返してようやく目を開けた。くるみが僕の顔をのぞきこんでいた。視線を合わせたまま、しばらく動けなかった。夢の続きかと思ったのだ。くるみが「おじゃましてます」と言い、そこでようやくそうでないことを知る。

「え？　なんで？」

「お見舞いに来た」

背筋をぴんと伸ばして正座しているくるみの視線が、裁縫箱やドレスや畳の上に投げ出した目薬のあいだを行ったり来たりする。

「仮病やってことは、もうお姉さんから聞いてるで」

ごめん、と首をすくめた僕に向かって、くるみは「やるやん」と唇の端を持ち上げる。

「今日の授業のノート、持ってきた」

ありがたさと同時に、こんな時間まで寝てしまったことにたいする焦りが湧きおこる。

ふいに首に強い刺激を感じた。いつのまにか背後にまわりこんでいたくるみが親指で僕の襟足のあたりをぎゅうぎゅう押しているのだ。

「え、え、なに？」

「ここな、目の疲れに効くツボやねんて」

「あ……そうなんや、ありがとう」

「後でまた目が疲れてきたら押したげる。今からまた刺繡するんやろ？」

後で、ということはまだしばらくここにいるつもりなのだろうか。もう帰ってくれと言うわけにもいかず、さっきまで枕にしていた座布団を押しやった。困ったな、とは思ったけれども、部屋の中にくるみがいることに、じきに慣れた。というより針を持ったら忘れてしまっていた、のほうが正確だろうか。数時間眠ったのがよかったのか、身体が軽い。

西側の窓から見える空はマーマレードの色に変わっていた。畳やドレスの布地や僕の手をやわらかく染める。針をすすめるごとに心はふつふつと熱くなっていくのに、頭は冬の朝に深呼吸をした時みたいに、すっきり、きっぱり冴えていく。休まずに針を動かし続けた。

「キヨくんは将来、洋服をあつかう人になるんかな」

くるみの声は、ひどく遠くから聞こえてきた。同じ部屋にいるのに、とても遠い。遠いけれども、でも、ちゃんと聞こえる。しばらく考えて「わからん」と答えた。

くるみのひんやりとつめたい指がそっと僕の首筋に触れた。目を閉じると、指は僕の目と目のあいだに移動してきた。続いて、こめかみをぎゅうぎゅうと押される。かなり痛いのだが、これは効いているということなのだろうか？

「でもずっと続けられたらええな、と思ってる。やっぱ、刺繡好きやから」

ずっと刺繍だけをしていられるような、それで食べていけるような仕事が存在するのかどうか、それは今の僕にはわからない。でも仕事じゃなくてもずっと続けたい。そう言ってからようやく目を開けて、くるみを振り返った。

くるみが大きく頷く。マーマレードの色をまとった、きれいな顔で。

「私もそう」

だって好きって大切やんな、と続けて、照れたように肩をすくめる。

「大切なことやから、自分の好きになるものをはやってるとかいないとか、お金になるかならないかみたいなことで選びたくないいなと、ずっと思ってきた」

石ころなんか磨いてなにが楽しいの？　それってなんかの役に立つの？　もしかしたらくるみは今までに何度もそんな言葉をぶつけられてきたのかもしれない。いやきっとそうだ。だって、僕がそうだったから。

「あのさ、好きなことを仕事にするとかって言うやん。でも『好きなこと』がお金に結びつかへん場合もあるやろ。私みたいにさ。でも好きは好きで、仕事に関係なく持っときたいなと思うねん、これからも。好きなことと仕事が結びついてないことは人生の失敗でもなんでもないよな、きっとな」

な、と力強く言ったが、同意を求めているわけでもなさそうだった。言葉にすることで心が決まることはあるから、くるみは僕に話すことでなにか自分を納得させたかったのかもしれない。

　ふう、と満足げに息を吐いたくるみは、ポケットをごそごそとさぐりはじめる。

「これ、キヨくんにあげる」

　平たくて楕円形の石が、目の前に差し出された。すべすべとつめたくて、手のひらのくぼみにぴったりおさまる。真ん中に走っている細く白い筋を、そうっと指先でなぞった。

「ここまですべすべにするのに、どれぐらい研磨すんの」

「あー、それ私が研磨したんちゃうで」

「え、そうなん？」

「拾った時のまんま」

　想像もできないほどの長い時間をかけて、流れる水によってかたちを変えた石だという。

「すごいやろ、水の力って」

　じゃあ、そろそろ帰るね。くるみがいきなり立ち上がった。すたすたと玄関まで歩いていく背中をあわてて追う。

「送っていくよ」

「いい。ひとりで来たし、ひとりで帰る」

　ほんとうは刺繍が完成するところを見たかったけどな、となぜか僕の額のあたりを意味ありげに一瞥してから、くるみは出ていった。

「あれ、帰ったん？　あの子。夕飯食べていってもらおうと思ったのに」

台所から出てきた姉が残念そうに鼻を鳴らす。

宝石でもなんでもないただの石なのだろうけど、ものすごいものをもらってしまった気がする。大切にポケットにしまって、布地ごしにそっと押さえた。

「キヨあんた、おでこに糸くずついてる」

指摘されてようやく、さっきのくるみの視線の意味を知った。ゆっくりと頰が熱を帯びる。


夕飯になにを、どのぐらい食べたのか、よく覚えていない。それぐらい、残りの作業のことで頭がいっぱいだった。ただひたすら針を動かし、水をごくごくと飲み、くるみから教わったツボを押した。窓の外にはただ、藍色の夜がある。どこかで犬が鳴いている。車が行き交う音も聞こえる。太陽が沈んでも、世界は動き続けている。

時計を見たら、もう午前〇時をまわっていた。一気に仕上げてしまいたいけれど、ここで失敗したら元も子もない。

毛布を引き寄せて、畳に横たわった。自分の部屋のベッドで眠ったらたぶん朝まで目が覚めないから、仮眠はここでとることにする。

目を閉じたが、なかなか寝つけない。何度も寝がえりを打っていると、襖がすうっと開いた。母が足音を忍ばせて入ってくるのを、薄目を開けて観察する。

ボディに着せられたドレスの前に、じっと立ちつくしている。こちらに背中を向けているのと暗いのとで、どんな顔をしているのかはまったくわからない。

「……寝とかんでええの？」

声をかけたら、母は「ヒッ」と叫んで全身を震わせた。

「ちょっとなんなんあんた、起きてるなら言うてよ」

昼間寝過ぎたせいで寝つけないらしい。もう一生分寝た、などと嘯《うそぶ》く母は、たしかにもう咳もしていないし、顔色もずいぶん良い。パジャマの上から装着された、肺の痛みを抑えるためのコルセットが痛々しいけれども。

母がいつまでも部屋を出ていこうとしないので、寝るのをあきらめて部屋の電気をつけた。

僕が針を持つと、母はまたドレスに向き直る。唇がむにむにと動いている。どうせまた「やめといたらよかったのに」とかなんとか言おうとしているのに違いない。

警戒する僕に、母が「祈りなん？」と、すこぶるわけのわからない質問を投げつけてきた。

「は？　祈り？」

何度か訊き返してようやく、このあいだ僕が紺野さんに話していたことを言っているのだと理解した。

「この刺繍は、あんたの水青にたいする祈りなん？　それとも愛情のあかし？」

母につられて、僕もドレスを見上げた。

うらやましいわ。うっかり転がり落ちたような、母の言葉に耳を疑う。

「うらやましい？　どういう意味？」

「そういうことができることが、うらやましい。そういう発想が、って言えばええんかな。私はあんたたちのために、雑巾一枚縫うたことない。どうしても、そういう気になられへん」

座った姿勢で見上げているにもかかわらず、母の身体はちいさく、頼りなく見える。

「違う、それは」

「え？」

「僕が刺繡をするのは、ただ、楽しいからや」

針を動かしている時が、いちばん楽しい。ひと針で線になり、重ねることで面になる。ただの糸の連なりが、布の上に花を咲かせ、鳥をはばたかせ、水の流れを、うねりを生み出す。そのことが、叫び出したいほどにうれしい。自分の手がそれを生み出していると思うたび、目の眩《くら》むような熱を感じる。その熱のかたまりが僕の中で、音を立てて爆《は》ぜる。そのたびに息がつまるほどの幸福に満たされる。生きている、という実感がある。

「だから、そういうのがわからへんのよ。私には」

「それでいい」

わかってくれなくてかまわない。わかってほしいなんて思っていない。

ただ見ていてほしい。僕が動き続けるのを。

川は海へと続いている。流れる水は海へ向かうあいだ、なにを考えているんだろう。ほんとうに海にたどりつけるんだろうかと心細く思ったりしないのだろうか。

僕にだってわからない。わからないけど、また針を動かす。

「僕が刺繍をするのは、刺繍が好きやからや。お母さんが縫いものや料理をせえへんのは、どっちも苦手やからやろ。苦手なことを家族のためにがんばるのが愛情なん？　それは違うと思うけど」

「だってあんた」

母の声が甲高く尖る。巾着袋、と言いかけた語尾がしゅるしゅると細くなる。

「巾着袋がなんなん、ちゃんと言うて」

「おばあちゃんにつくってもらったから、大事にしてるんやろ？」

「は？　いや……サイズがちょうどよかったから使おうと思っただけなんやけど」

母が「へ」というまぬけな声を発した。口もへんなかたちに開いている。

「そうなん？」

目薬とかリップクリームみたいな、そういうちいさくてばらばらになりがちなものをまとめておくのにちょうどよかった。ただそれだけのことだと話しながら唐突に遠い記憶がよみがえった。

母の背中と、どんどん背後に流れていく街。ペダルをがしがし踏みながら「なんなんあの先生、なんなん」と怒っている母の声がへんに濁って、泣いてるみたいに聞こえた。もしかしたら件の直談判の帰りだったのかもしれない。

「巾着袋を縫ってくれないお母さんは僕を愛していない、とかそんなこと考えたこともなかったしな」

手作りをすることでなにかを示したい、伝えたい、と思うことは自由だ。母がそのやりかたを選ばないことも。自分と違うやりかたを選ぶ人を否定するような生きかたを、僕はしたくない。

そうか、と母がうつむく。伏せたまつ毛が細かく震えているのに気づいて、さりげなく目を逸らした。

目薬をさしても、さしても、追いつかない。まばたきするたびに眼球が軋《きし》むような感覚がある。

カーテンを閉めずにいた南側の窓の外の色がすこしずつ変化していく。藍色にすこしずつ白い絵の具を落としたように淡く、明るくなる。

どこかで鳥が囀《さえず》っている。それを耳にするのはものすごくひさしぶりのことのような気がした。

部屋の隅で毛布にくるまっている母に「朝やで」と声をかけるとかすかに身じろぎする。寝つけないと言って来たくせに、母はあのあと、刺繍をしている僕の後ろですうすう寝息を立てはじめたのだった。

さすがに腹が立って「せめて自分の部屋で寝ろや」と追い出そうとしたけど、ぎりぎりのところで思いとどまった。病み上がりの人にはやさしくしなければならない。ちょっと、いや、すごく理不尽だけど。

寝ている母を揺り起こして「なあ、このドレスお父さんに見せたいねんけど」と訴えた。刺繍をしながら、さっきまでずっとそのことを考えていた。

父は結婚式には出席しない。姉が呼んだのだが、例のごとく遠慮して「いや、さっちゃんに申し訳ないし」と断ったらしい。

母はああ、ああ、と半分寝ているような声で答える。

「そしたら……ここに……呼べば？」

「ええの？」

私は会わへんけどね、と目をこすりながら、母が部屋を出ていく。今度こそ自分の部屋で寝るつもりなのだろう。

安心したらお腹がぐうと鳴って、台所に駆けこんだ。ちょうど姉も起きたところらしく、あくびをしながらトースターにパンを放りこんでいる。

「キヨおはよう。目玉焼き食べる？」

うん、と即答してから「たまごふたつにして」と言い添える。

「食べ盛りか」

「食べ盛りや」

声でかいな、と姉が眉を下げる。ハイになってんの、とも訊かれたが、自分ではよくわからない。ただ目がしょぼしょぼしているわりに、身体はみょうに軽い。歯の浮くような感覚があるのに、頭の一部がきんと研ぎ澄まされ続けている。

「お父さんたち、ここに呼んでもいいかな」

トーストに蜂蜜を塗り広げている姉がゆっくりと目を上げる。

「来るかな」

来るかどうかはわからないけど、それでも、見てほしいと思っている僕の気持ちは伝えたかった。

黒田さんと父にメッセージを送る。もうすぐ完成するから見にきてほしい、と。

すぐさま手の中でスマートフォンが振動して、さっそくの返信かと思ったら祖母からの電話だった。

「もしもし、キヨ？」

何日か会っていないだけなのに、なぜかとてもなつかしい。周囲がざわざわしていて、聞けば夜行バスでたった今大阪に帰ってきたところだという。

「もうすぐそっちに着くから」

「うん、気をつけて」

歯を磨きながら、昨日「刺繡の完成を見たかった」と言われたことを思い出して、くるみにもメッセージを送る。

つめたい水でざぶざぶ顔を洗った。

それから仕上げのための最後の糸を、針の穴に通す。

ひと針で線になり、重ねることで面になる。ただの糸が、そうすることによってただの糸以上のものになる。

最後のひと針を刺し終えて、しばらくぼうぜんと座りこんでいた。うまく声が出せないし、指先に力が入らない。

背後から「わあ」という声が聞こえて、驚いて振り返った。襖に手をかけたまま立ち尽くしている姉の目が、大きく見開かれている。

「これで完成?」

「うん。うん……どう?　気に入った?」

「着てみてもいい?」

「もちろん」

部屋を出て、廊下で姉が着替えるのを待った。襖越しに姉が「ありがとうね」と言うのが聞こえた。どういたしまして、と答えようとして、声がつまった。

「僕はただ、刺繡がしたかっただけやし」

襖がすっと開く。ドレスをまとった姉がすこし照れたように肩をすくめ、わかってるよ、と呟いた。

「でも、ありがとう」

左肩から胸元にかけて白い糸で垂直に伸びている線は、雨をあらわしている。身体のまわりを一周する細長いステッチを、腰の下から裾に向けていくつも施した。白い布に白い糸で、ごく細く。軽やかでやわらかいガーゼのドレスの質感をそこなわぬように。裾にいくにしたがって、銀糸の割合が多くなっている。

「ちょっと、ターンしてみて」

鏡の前で姉がくるりとまわると、裾に施した銀糸の刺繡がきらっと光った。

窓の外の世界は、今や完全に白から濃いクリーム色に変化している。思っていたとおりに、太陽を受けて輝く川が布の上に生まれた。姉が身動きするたび、ドレスが空気をはらんでやわらかく揺れる。水面が風を受けて模様をかたちづくるように。

窓を開けると、朝のすこしつめたい空気が流れこんでくる。畳の上にちらばった糸くずが舞い上がって、まるで祝福のダンスをしているみたいだ。

姉がスマートフォンを耳に当てる。もしもし、と発した声が弾んでいた。

「すぐに来て。見てほしいねん、ぜったいびっくりするから」

電話の相手はやはりというかなんというか、紺野さんだった。さっきの「気に入った？」の返事はまだ聞けていないけど「すぐ来て、来て」と連呼する姉の頰が紅潮してぴかぴかに光っていることが、ぜんぶの答えなんだろう。

まぶたがじわりと熱を持つ。そのことに自分でもちょっと驚いたけど、がまんしたり手で覆い隠したりはしなかった。まばたきをするといくつもの雫が頰を転がり落ちる。姉がちらりと僕を見る。「え、泣いてんの？」なんて野暮な指摘はせずにただ微笑んでくれて、だからよかった。

春先から今日までの記憶が、映画の予告編みたいにつぎつぎとよみがえった。「走馬灯のように」でもいいけどそれだと今にも死んでしまいそうで、なんだか嫌だった。生きてやることが、まだたくさんあるんだから。

チャイムが鳴って、顔を見合わせる。

「紺野さん？　もう来たん？」

「いや、さすがにはやすぎるやろ」

ドアの向こうに立っているのは、黒田さんかもしれない。だとしたら引きずられるようにしてついてきた父も一緒だろうか。

あるいは両手に旅行のおみやげを抱えた祖母かもしれないし、さっそくくるみが見に来てくれたのかもしれない。

でも誰が来たとしても、ドアを開けるのは僕だ。

裸足のまま三和土におりた。ゆっくりと開けたドアの隙間から差しこむカスタードクリームみたいな色の朝の光が、冷えきった足の甲にやわらかく落ちる。

初出

「小説すばる」二〇一九年九月号～二〇二〇年二月号

装画　生駒さちこ
装丁　宮口瑚

寺《てら》地《ち》はるな

一九七七年佐賀県生まれ。大阪府在住。会社勤めと主婦業のかたわら小説を書き始め、二〇一四年『ビオレタ』でポプラ社小説新人賞を受賞しデビュー。『大人は泣かないと思っていた』『正しい愛と理想の息子』『夜が暗いとはかぎらない』『わたしの良い子』『希望のゆくえ』など著書多数。

水《みず》を縫《ぬ》う

2020年 5月30日 第一刷発行
2021年 4月12日 第七刷発行

著　者　寺地《てらち》はるな
発行者　徳永 真
発行所　株式会社集英社
〒101-8050　東京都千代田区一ツ橋2-5-10
電　話【編集部】03-3230-6100
【読者係】03-3230-6080
【販売部】03-3230-6393(書店専用)

印刷所　凸版印刷株式会社
製本所　株式会社ブックアート

ISBN978-4-08-771712-9 C0093

大人は泣かないと思っていた

寺地はるな

隣の老婆が庭のゆずを盗む現場を押さえろと父から命じられた翼。ところが、捕らえた犯人もその目的も、まったくの予想外で——（「大人は泣かないと思っていた」）。バイト先のファミリーレストランで店長を頭突きし、クビになったレモン。その直後、母が倒れたと義父から連絡が入って……（「小柳さんと小柳さん」）など全七編。人生が愛おしくなる、魔法のような物語。

集英社　好評既刊

私の家

青山七恵

恋人と別れて突然実家に帰ってきた娘・梓。年の離れたシングルマザーに親身になる母・祥子。孤独を愛しながらも三人の崇拝者に生活を乱される大叔母・道世。幼少期を思い出させる他人の家に足繁く通う父・滋彦。何年も音信不通だった伯父・博和。そんな一族が集った祖母の法要の日。赤の他人のようにすれ違いながらも、同じ家に暮らした記憶と小さな秘密に結び合わされて——三代にわたって描かれる「家と私」の物語。

集英社　好評既刊

遠の眠りの

谷崎由依

生き延びましょう。私たちらしく生きられる世が訪れるまで。昭和初期、女工の絵子は福井に開業した百貨店の「少女歌劇団」の脚本係をすることに。出会ったのは〝看板女優〟の〝少年〟だった——。福井市にかつて実在した百貨店の「少女歌劇部」に着想を得て、一途に生きる少女の成長と、戦争に傾く時代を描く長編小説。